chuva dourada sobre mim

Naty Menstrual

chuva
dourada
sobre mim

tradução
Amara Moira

Copyright © Naty Menstrual, 2008, 2024

Editores
María Elena Morán
Flávio Ilha
Jeferson Tenório
João Nunes Junior

Capa: Maria Williane
Foto da capa: Toto Bonaudi
Projeto e editoração eletrônica: Studio I

Dados Internacionais de Catalogação na Publicação (CIP) de acordo com ISBD

M548c Menstrual, Naty
Chuva dourada sobre mim / Naty Menstrual. Traduzido por Amara Moira. - Porto Alegre : Diadorim Editora, 2024.
148 p. ; 14cm x 21cm.
Tradução de: Continuadisimo
ISBN: 978-65-85136-13-6
1. Literatura argentina. 2. Contos. I. Moira, Amara. II. Título.

2024-522
CDD 868.9932301
CDU 821.134.2(82)-34

Elaborado por Odilio Hilário Moreira Junior - CRB-8/9949
Índice para catálogo sistemático:
1. Literatura argentina : Contos 868.9932301
2. Literatura argentina : Contos 821.134.2(82)-34

Todos os direitos desta edição reservados à

Diadorim Editora
Rua Antônio Sereno Moretto, 55/1201 B
90870-012 - Porto Alegre - RS

¿Qué bestia caída de pasmo
se arrastra por mi sangre
y quiere salvarse?

He aquí lo difícil:
caminar por las calles
y señalar el cielo o la tierra.

Alejandra Pizarnik
La única herida

SUMÁRIO

Uma tradução babadeira, por Amara Moira — 9

CHUVA DOURADA SOBRE MIM
26 e meio — 15
Sabrina Duncan e seu picumã babado — 21
Barriga: fantasia final — 25
Piuí, piuí! — 31
Medialuna de manteiga — 35
Chuva dourada sobre mim — 39

CORAÇÃO DE MULHER
Mãe possessa mata o viado — 47
Amado Kombucha — 51
Ossinhos de frango — 57
Coração de mulher — 61

CAMARADA KAPOSI
A Mr. Ed — 69
Empapuçada — 77
Camarada Kaposi — 81

EM LOOP
Verborragia um — 89
Coitada — 93
Adônis — 97
La vida te dá sorpresas, sorpresas te dá la vida — 103
Consolo caseiro — 113
Crônica do homem bola — 107
Uma rata morta — 117
Em loop — 123

CUNETE
Mamãe era má — 129
Cunete — 135

UMA TRADUÇÃO BABADEIRA

Amara Moira

Quando a editora Diadorim chegou com o convite para eu traduzir esses contos perturbadores da travesti argentina Naty Menstrual (nossa, tenho pesadelos com eles até hoje, se preparem!), meus olhinhos brilharam. Uma das autoras mais abusadas que conheço, eu sendo a responsável por trazê-la ao idioma de Camões? Óbvio que ia aceitar. No entanto, impus uma condiçãozinha: a editora teria que me autorizar a utilizar, na tradução, o bajubá, língua que foi se forjando no seio da nossa comunidade travesti e que vem chamando uma atenção babado no Brasil.

Bajubá significa "segredo" em iorubá e seu propósito original era funcionar como uma língua de segurança, permitindo que conversássemos entre nós sem sermos compreendidas por quem não é do meio (clientes, policiais, gente passando na rua etc) - algo importantíssimo quando o projeto de extermínio da população travesti estava no auge. Para desenvolvê-la, travestis se apropriaram de palavras do iorubá usado nas religiões de terreiro (como erê, padê, axé, ajeum), ressignificaram várias expressões do próprio português (como passada, babado, barroco, colocada) e ainda foram buscar umas contribuições em línguas estrangeiras (como close, guanto, bafão, maricona). E não é que funcionou? Hoje em dia, travestis de norte a sul do país falam fluentemente o bajubá e até variantes regionais já começam a dar as caras, o que é maravilhoso.

Daí que, apesar de inicialmente o bajubá ter surgido como uma ferramenta de proteção, nos últimos anos, com as conquistas que travestis têm alcançado e o avanço na luta contra a transfobia, vai se fazendo possível pensarmos a utilização dessa linguagem de outras formas, sobretudo em intervenções artísticas e culturais. A aposta é que o fascínio que o bajubá provoca onde quer que passe ajude a abrir portas para a comunidade, ampliando os espaços que podemos ocupar.

    Tinha que ter bajubá na tradução, portanto. Quanto bajubá, isso poderia até ser negociado, mas sua presença, aí não. Meu sonho seria apinhar as próximas páginas com aqüés, eques, monas, picumãs, necas e por aí vai, radicalizando essa experimentação sem nunca deixar o trabalho propriamente literário de lado. Só que o Brasil talvez ainda não esteja preparado para um afronte desses, então precisei pegar leve e me limitar a uma lista mais conhecidinha de palavras, até porque eu vetei terminantemente a ideia de um glossário.

    Por quê? Oras, em primeiro lugar, por já existirem vários dicionários publicados: *Bajubá odara* (2021), de Jovanna Baby Cardoso da Silva, uma das fundadoras do movimento de travestis nos anos 1990 (esse dicionário foi publicado originalmente com o título de *Diálogo das bonecas*, em 1992), *Bichonário: um dicionário gay* (1996), de Orocil Junior, e *Aurélia: a dicionária da língua afiada* (2006), de Angelo Vip e Fred Libi. Em segundo lugar, por inúmeros sites na internet já disponibilizarem material farto para pesquisa, leitores e leitoras só precisando fazer a lição de casa (se der tudo certo, vou deixar vocês com tanta vontade de conhecer mais que vocês vão acabar buscando por conta própria o que não souberem). Em terceiro, por eu acreditar que vocês, mesmo quando não estiverem entendendo tudo, ainda assim vão sentir prazer diante da magnitude dessa obra literária e da experiência de imersão no bajubá.

Acham que é tudo? Nada, teve um pedido extra da Naty e já estou vendo os babados que isso vai causar: querendo que o impacto da leitura fosse o mais imediato possível, sem depender de notas de rodapé e consultas à internet (a maioria das vezes em sites em castelhano), a autora me solicitou que toda vez que ela citasse figuras ou referências muito específicas de lá eu trocasse por algo acessível para o público brasileiro. Só pra citar alguns exemplos, vocês vão cansar de ver travestis argentinas pensando em Saci Pererê, cantando Caetano Veloso e se inspirando nas Sônias Bragas e Veras Fischers da vida. Se acharem que passei dos limites, fica aqui o convite para que outras versões sejam feitas e a obra da Naty alcance um público cada vez maior.

Uma travesti brasileira traduzindo uma travesti argentina e se valendo da língua que a comunidade travesti de cá vem criando desde pelo menos o começo do século passado. E ainda inventa esse troca-troca de referências, né? Bora ver como eu me saí nessa, bora ver como vocês se saem.

I
CHUVA DOURADA SOBRE MIM

Yo adoro a mi ciudad
aunque su gente no me corresponda
cuando condena mi aspecto y mis ondas
con un insulto al pasar
(...)
y sin embargo yo quiero a ese pueblo
porque me incita a la rebelión
y porque me da infinitos deseos
de contestarles y de cantarles
mi novedad, mi novedad.

Miguel Cantilo
Yo vivo en una ciudad

26 e meio

Se chamava Sissy Lane. Adotou o nome quando decidiu se travestir pela primeira vez, jurava que tinha o glamour cortesão de Sissi, a Imperatriz, e o erotismo escândalo de uma vedete afrontosa como Virgínia Lane.

Tinha feito todo o possível nesses vinte anos para parecer uma das duas, injetando tanto silicone industrial quanto houvesse e sabendo que eram cirurgias caseiras feitas entre amigas, sem medidas seguras de higiene e sem garantias. Primeiro um pouco de PEITO, daí um pouco de QUADRIS, mais tarde o espelho destacava o NARIZ, suavização da TESTA, preenchimento das MAÇÃS, silicone nos LÁBIOS... e assim, em vinte anos, tinha completado o ciclo muito mais de uma vez: PEITO-QUADRIS-NARIZ-TESTA-MAÇÃS--LÁBIOS e volta ao início: PEITO-QUADRIS-NARIZ--TESTA-MAÇÃS-LÁBIOS.

Teve a honra de parecer com a Dercy Gonçalves, a Eva Wilma, o Gugu Liberato, o Clodovil, o Michael Jackson, mas nunca nunca nunca nem com Sissi, a Imperatriz, nem com Virgínia Lane. Isso a deixava mal, a indignava, ainda mais nesses anos que corriam, já que, com vinte de puta, a deterioração vinha com tudo pra cima dela.

A rua estava uó, nada de aqüé, e a pobre Sissy Lane tendo que barbarizar no salto e no otim pra aguentar o frio, parada em sua esquina do bairro Bajo Flores sem fazer um puto. Acabava a noite num quartinho tosco de pensão, largada e bêbada que nem gambá, chorando e vomitando num atraque babado entre as plataformas dela e as baratas.

Tinham morrido as esperanças de morar num palácio, como a mãe lhe dizia quando menino, vestindo-o de princesa para brincarem de ele ser a Sissi. Uma mãe que sonhou em ser grande atriz e só chegou a puta num cabaré do bairro Once: Sissy comprovava na própria carne haver coisas que se herdam para além da genética.

Acordou um belo bagaço. Olhou o relógio das superpoderosas ao lado da cama. Percebeu que eram oito da noite. Tinha que ir pra pista sim ou sim. Levantou do jeito que deu. Se arrastou até o banheiro compartilhado. Deu uma relaxada na ducha morna. Voltou pro quarto. Se vestiu. Se maquiou e desceu sapateando pelas escadas daquele castelo de misérias.

Mal despontou na rua aquele nariz maravilhosamente desenhado, igual uma minicoxinha por um açougueiro barato, sentiu um frio da porra mas resistiu. Sabia que, apesar da calcinha estar congelando, a noite tinha que ser boa sim ou sim.

Sissy fumava feito condenada e comia os poucos pedaços de unha que ainda tinha se equilibrando na ponta dos dedos, histérica. Fazia quase duas horas e meia que estava parada e não passava uma alma naquela merda de esquina. Nisso, veio um Audi A3 e um boy magia, de uns quarenta anos, mandou um beijo pra ela. Sissy, sem pestanejar, puxou pra fora os dois melões e passou a língua pelos lábios. O Audi parou uns metros mais à frente, Sissy foi em sua direção, apoiou os mamilos entupidos de silicone industrial em cima da janela e o ocó perguntou sem rodeios.

— Quanto pra comer seu cu, princesa?

Sissy pensou que sim ou sim, precisava desse pegê, e soltou logo um varejo. Fora que ele a chamou de princesa, bem como a Sissy era.

— É 20, ou 30 se for no meu local.

O ocó deu uma piscadinha, apertou um mamilo dela com os dedos e respondeu sorrindo sarcástico:

— Sobe aí, cadela... cê não vai conseguir andar depois que eu te foder... é sussa o local?

Ela ficou louca do edi.

— Opa... tem nada não.

O Audi saiu com tudo e Sissy, já dentro do carro, por um momento fantasiou que era a esposa de um grande empresário e que estavam indo buscar os filhos na sogra.

O ocó veio com a mão perto da minissaia de Sissy e ela virou de ladinho, abrindo a bunda. Nisso, ele cuspiu na mão e enterrou um dedo no edi dela. Sissy se esbaldou.

— Vai ficar mais arrombado do que ele já tá, gatinha, quando eu te pegar de quatro.

E tirou a neca da calça social. Sissy olhou e não podia acreditar, devia ter 26 centímetros e meio! Macaca velha, tinha uma fita métrica nos olhos de tanta pica que havia visto.

Pensou por um instante que, se tivesse aqüé sobrando, seria perfeitamente capaz de pagar pra ele meter nela bem fundo esse negoção cabuloso.

Chegaram na pensão, Sissy entrou tranquila porque o zelador era mais bêbado que ela e dormia feito pedra, esparramado numa poltrona.

— Vamos subir — falou Sissy.

O homem a seguia atentamente. Entraram no quarto, ela de costas para ele, que fechou a porta. Sissy tirou o casaco e ficou só de sutiã, mas, quando girou, levou uma direitaça certeira na mandíbula. Com a vista turva e tocando o sangue que jorrava da boca siliconada, não entendeu nada; a única coisa que lhe ocorreu foi olhar com ódio pra ele e balbuciar:

— Seu filha da puta!! Que que cê fez?!

Ele a pegou pelo picumã, levantou ela do chão, arrancou-lhe as chaves e fechou a porta. Cuspiu em sua cara e o catarro espesso se misturou com sangue.

— Achou que eu ia trepar com você, VIADO SUJO DEPRAVADO? Eu não trepo com MONSTRINHOS... era nem pra você ter nascido... não existe nem Deus pra você, SEU PORCO.

E enquanto a esculhambava, arrastava ela pelo chão

sem deixar de dar chutes em seu corpo: PEITOS-QUA-DRIS-NARIZ-TESTA-MAÇÃS-LÁBIOS... PEITOS-QUA-DRIS-NARIZ-TESTA-MAÇÃS-LÁBIOS de novo e de novo, às cegas.

— Quero ver cê querer passar doença pra mais alguém, VIADO AIDÉTICO!... Sabe o que o Hitler teria feito se te conhecesse? Ou o Brilhante Ustra, SUA BICHA DE MERDA?

Sissy semi-inconsciente entendia cada vez menos por que diabos era ela quem tinha que passar por isso.

Uma hora o lixo, puto da vida, puxou-a pelo rosto e veio falar bem pertinho e Sissy, num impulso desesperado, mordeu o nariz do infeliz, arrancando fora um pedaço. Alucinado de dor, ele a soltou e ficou xingando e chorando. Cambaleante, Sissy se levantou, agarrou uma frigideira Tramontina herdada da mãe e espatifou na cabeça dele.

Caiu o ocó.
Caiu a frigideira.
Caiu a Sissy.

Bateram na porta. Era o zelador.
— Sissy... tudo certo aí?
Ela respondeu do jeito que dava:
— Tá, sim... tudo certo, Alfredo.

Olhou pro ocó todo ensanguentado no chão, começou a se lembrar de cada um dos golpes e percebeu que a vingança ainda não tinha sido feita. Se lançou em cima dele, enquanto chorava e perguntava fora de si:
— Por quê por quê por quê por quê?!

Batia as costas dele contra o chão... a cabeça também... Sem deixar de sacudi-lo com uma mão, com a outra tirou da calça dele a NECA, sentou em cima alucinada, fez ela entrar até o talo. GOZOU. Tirou. Começou a beijar, a morder o ocó, até chegar nos 26 e meio. Olhou pra ele chorando, colocou tudo aquilo na boca e com as forças que ainda tinha foi PUXANDO e PUXANDO até

arrancar ele inteiro.
— É meu!!... É meu!!... Todo meu!!

Quatro dias se passaram e um fedor babadeiro começou a preocupar os vizinhos, pois mesmo sendo um mais sujo que o outro não estavam dando conta de um fedor desses, fedor de MORTO.

O zelador bateu na porta de Sissy e ninguém respondeu. Bateu até cansar e nada, então forçou a fechadura e entrou. Alfredo, não conseguindo acreditar no que via, vomitou na hora. Sissy pelada, roxa, babando e com o xuxu gritando, o olhar distante, uma neca odara na boca e nos braços um morto com o rosto irreconhecível, inchado e preto igual um enorme chouriço, ali estava ela se embalando e cantarolando:

— O teatro, tô atrasada pro Maipo!... Tô atrasada pro Maipo! Ajuda com a maquiagem, Alfredo!...

Sabrina Duncan e seu picumã babado

Sabrina vivia em Palermo, perto de toda a ostentação da putaria traviarcal de Buenos Aires, localizada no gueto apelidado de Zona Vermelha.

Ela não era travesti, só se deixava levar por sua necessidade feminina quando lhe vinha aquele tesão de cadela e o cheiro de ar fresco dos jardins de Palermo trazia ao seu nariz o aroma jovem de carne moça, entupida de hormônios e vontade de meter não importa aonde.

Ela sabia que uma minissaia de estampa animal, umas meias vermelhonas e um salto agulha exagerado (inimigo eterno dos cansados tornozelos) seriam aliados babadeiros na hora de ir buscar neca. Nessa época, muitos bofes jovenzinhos não ficavam pensando se eram viados ou não na hora de meter. Era um avanço poder trepar com um viado sem a necessidade de sair correndo pro psicólogo.

Sabrina tinha também sobrenome quando ia pra batalha: era Duncan. Sabrina Duncan, em homenagem à melhor das Panteras. Tão insossa quanto uma evangélica devota.

Essa noite ela não tinha um puto, de forma que, no pior dos casos, arranjava um aqüezinho matando dois coelhos com uma cajadada só: a fome do estômago... e a desse cu canibal.

Sabrina foi de bicicleta porque não tinha nem pro ônibus ida e volta. No posto de gasolina em frente ao parque eram legais e cuidavam da magrela na amizade e, se não fosse na amizade, um quete rápido no banheiro fazia a segurança da bike estar mais que garantida. Essa noite estava realmente quente, talvez pela lua cheia. Ela queria ver cheia outra coisa e ia dar um jeito de conseguir, custasse o que custasse. Sabrina era afrontosa: quando queria neca, nada a detinha.

Caminhava entre as árvores como um leopardo em plena caçada, observando o brilho das luzes dos carros que formavam um serpenteante caminho nas laterais do bosque. Pencas de carros novinhos e de boys para estrear, ainda que houvesse também os frequentadores assíduos que já liberavam o edi há tempos. Muito boy de bunda gulosa que acabava não se sentindo bicha porque, em cima dessa neca que entrava e saía de dentro dele, fazendo ele gozar igual cadela, estava pendurado um belo par de peitos. Um par de peitos bem garota, achavam que fosse.

— Eu sou hétero — falou um deles depois de chamar Sabrina e pôr a cabeça pra fora da janela.

— Melhor — respondeu ela sorrindo amistosamente —, adoro os héteros.

Deu uma ajeitada no picumã pavoroso e queimado de kanekalon barato e passou a língua pelos lábios inflados e meio tortos do botox injetado em casa.

— Eu sou uma garota... percebeu não?

Estando ambos de acordo com suas mentiras sustentadas por um mundo de absurda fantasia, partiram juntos até um canto escuro pro esfrega-esfrega babado. O boy tinha uns dezenove anos. Com carro novinho no nome do pai, saía com a neca didê pelo parque, louco de tesão. Sabrina punheteou o seu filhote de ganso e ficou absurdada com tamanho pedaço de carne. O boy gemeu e disse em meio a sussurros:

— Não... não... devagar que tô com muito tesão e eu gozo rápido...

Sabrina estava com água na boca e queria sentar em cima desse pássaro selvagem. O boy baixou a calça toda e deu a volta, pondo o belo edi que tinha, lisinho e branco, em posição. Girou a cabeça e disse:

— Enfia...

Sabrina ficou gelada. Mas, como era viciosa e tava vendida, tirou da minissaia a neca em ponto de bala e socou sem dó.

O boy se retorcia de prazer e pegou um jornal Clarín do porta-luvas para gozar em cima, senão o pai ia melecar a roupa toda na hora que sentasse. Assim que gozou, tirou a neca do edi e começou a subir a calça, girando. Meteu a mão no bolso, tirou cinquenta arôs e deu pra Sabrina, mandando ela descer. Sabrina, que não tinha nem gozado, a neca ainda didê, pegou o aqüê e desceu dando um truque na sainha.

O bofe saiu levantando poeira e desapareceu como se estivesse possuído ou algo do gênero.

Ela ficou pensativa sob a luz da lua, feliz porque as finanças estavam melhores, ainda que continuasse com um tesão da porra. Começou a caminhar rapidinho e, vendo uma sombra entre as árvores, sorriu pensando que outro bofe estava atrás dela pra satisfazê-la. Nisso, querendo matar a curiosidade, foi se aproximando da sombra e, quando a luz de um carro iluminou a cena, deu de cara com uma trava barroca de mais de um e oitenta que olhava pra ela com ódio e tava bem pertinho. No que fez menção de dar marcha a ré e vazar, outra saiu lá de trás, maior e mais feia que a primeira. Sabia que a noite ia chegando e que ela tinha que vazar de alguma forma. A maiorzona falou com voz ameaçadora:

— Ô, viado de merda, tamo vendo você viçando há um tempão e a gente na batalha aqui, então não vem fazer a podre...

Viçar é fazer ocós no 0800 nas zonas onde as travestis batalham. E Sabrina sabia que pra isso ela levava jeito.

— Vamos ver se, depois do coió que ela vai levar, ainda vai ter vontade de ficar viçando — disse a outra, que com seu xuxuzão metia ainda mais medo que a primeira.

Sabrina não sabia como se livrar dessas brucutus mal-amadas que pareciam saídas do programa *Os Reis do Ringue* e, pequenina e indefesa, fez a melhor cara de besta que conseguia.

— Manas, manas... tudo bem, mas eu não tava viçando, nada a ver...

— Acha que a gente é besta, mona?

E uma pegou-a pelo braço e levantou do chão uns bons centímetros. Sabrina, criando coragem, mordeu a mão dela e a trava soltou, gritando e dizendo pra amiga:

— Pega esse viado de merda que eu mato...

Sabrina tirou os sapatos e desembestou a correr igual uma gazela... A trava que não tinha sido mordida grudou-a pelo cabelo antes dela se dar conta e ficou foi com aquele picu embaraçado na mão. Sabrina correu sem olhar pra trás e uma e outra trava ficaram olhando o picumã:

— É ocó, o filho da puta! É ocó!

— E vocês são o quê, filhas da puta... são o quê... modelos de passarela?

Continuou correndo e cruzou a avenida como doida até o posto de gasolina, pra buscar a bicicleta com seu glamour de centavos, sem picumã e com uma meia preta na cabeça.

Já era tarde. Um boy tava de guarda ao lado da porta do banheiro. Sabrina olhou pra ele fazendo a linha sexy e o boy passou a mão no malão que parecia uma beringela.

— Posso entrar no banheiro?

— Opa, tem nada não — disse o boy, continuando a bater uma enquanto isso.

Sabrina entrou e o boy veio na mesmíssima hora atrás.

Quando terminou, Sabrina saiu louca do edi de tão feliz e completa. Pegou a bicicleta, subiu, tirou a meia da cabeça e começou a pedalar pensando no que ia fazer com aqueles cinquenta arôs. A princípio, mergulhar de cabeça no fantástico mundo dos picumãs, só assim saberia quantas trepadas mais teria que economizar pra arranjar uma juba adesiva de leoa loira boca-de-se-fuder.

Barriga: fantasia final

Ela era mina. Se alguém ousasse dizer o contrário, virava o capeta e ia pra cima com o que tivesse à mão e pudesse dar um extra de violência ao corpo miudinho dela. Era miudinha e bela como uma top model, mas sem fama nem aqüé.

Tinha vindo do interior a Buenos Aires para se esconder da própria verdade. Na grande capital ela era amapô e tinha uma racha, como se a grande cidade do fálico obelisco a tivesse presenteado com uma rosada e delicada vagina que, ainda que não existisse dentro da sua calcinha, imaginá-la no meio das pernas a tornava real e prazerosa.

Tinha nascido no interior, era do interior, mas não sentia necessidade de ficar explicando nada, nem onde, nem quando, nem falar da mãe, muito menos do pai, como se nunca tivesse possuído família. Tendo sofrido na própria carne a negação da sua essência e a maldade dessa matilha de filhos da puta, pra que ela ia querer falar deles ou relembrar? Se uma lembrança lhe vinha na cabeça, mais que lembrança era um pesadelo.

Estava sozinha nesse mundo imundo. Amapô sozinha. Bem amapô. Bem sozinha. Melhor só do que mal acompanhada. Sem necessidade de ocós e questionamentos. Muito menos sexo. Como é que ela ia ficar nua e desnudar a verdade que a feria de morte sem salvação? Sozinha era melhor e ela dava conta. Todos a desejavam e ela sabia que era linda. Feminina. Delicada. Equilibrada, de mãos largas e finas, de lindos peitinhos inchados de hormônios que uma amigona havia recomendado. Apesar daquele desejo irrefreável por um bofe escândalo, ela não podia senão fazer a linha pobre mocinha virgem à espera de um amor incondicional, então só se permitia chegar nos beijos e carícias, deixando uma longa fila de romeus com os bagos cheios de fantasias.

Aquele dia em que se sentiu pior, por estar sozinha e sem saída, decidiu que estava na hora de dar no pé desse mundo lixo. Deitou na cama para pensar qual a melhor maneira, a que sofresse menos, e olhou pro teto com a mente viajando sabe-se lá onde, toda perdida. Sentiu um nó na boca do estômago e ficou acariciando a barriga reta e vazia. Abriu os olhos de supetão e nesse mesmo instante se deu conta do que faltava pra ela botar um ponto final na história da sua vida.

Tinha que ter um filho sim ou sim, não importava como. Tinha. Levantou-se de súbito, como que impulsionada por uma mola, e olhou no espelho de corpo inteiro do guarda-roupa para ver se, devido à força do desejo, algo começava a crescer dentro dela. Nada. De nada valia a ilusão ou a espera. Olhou a poltrona murcha que descansava ao lado, pegou uma almofada suavemente com as mãos e, colocando ela delicadamente por baixo do vestido, brincou de ser mamãe por um momento, por uma fração minúscula daquele dia.

Deitou na cama, penteou o cabelo castanho e longo e, acariciando essa almofada fundida com o ventre, adormeceu tranquila. Sonhou sabe-se lá com quê, talvez com um menino ou uma menina.

Acordou sobressaltada, pôs a mão na barriga e estava reta como todos os dias. Algo faltava, algo lhe causava um vazio horripilante, que oprimia a sua garganta e ela não conseguia entender o que era. Meio adormecida, saltou da cama e olhou no espelho, acariciou o ventre e se deu conta de que, se não era possível, era porque Deus não existia e, sendo assim, ela mesma ia decidir o que aconteceria com esse novo filho e essa nova vida. Estava preparada para a doce espera.

Saiu pra rua igual doida varrida, esquecendo todas as atividades do dia. Foi até a avenida Corrientes atrás de livrarias, qualquer livro com orientações pra uma mãe de primeira viagem servia e os comprou gastando quase todas as suas magríssimas economias.

- Como ser mãe de primeira viagem 2... As que não morreram tentando!
- Guia útil para mães de primeira viagem
- Yoga para grávidas
- Mamãe e papai precisam saber

Todo material que a recomendavam era lido e relido.

Arquitetou a grande mentira em detalhe pra que tudo saísse perfeito igual isso de ela ser amapô, apesar da horrível neca atrofiada renegada e escondida que tinha. Pensava em ir pondo enchimento na barriga num crescendo pra que, ao redor dela, todos os conhecidos exaltassem a mentira.

Tudo ia saindo à perfeição, tudo ia saindo como ela queria, já estava no mês em que poderia descobrir o sexo e lia listinhas fajutas com os nomes que estavam mais na moda, mas era duro decidir... Um nome era pra toda a vida... ela sabia disso... tinha escolhido o seu porque o que os pais puseram tinha sido escolhido só pra arrasar com ela. Escolheu o nome de Nina. Porque não era ocó... era isso... uma meNINA.

O filho seria varão, um bofinho escândalo... Ela sabia disso, que ecografia o quê, como negar o pressentimento certeiro e puro de uma mãe? Ia ser um boy magia como o que ela tinha sonhado todos os dias e nunca encontrado, mas esse amor de filho não seria falso e interesseiro, ia ser (e disso ela tinha mais que certeza) pra toda a vida.

Vivia para ele, planificando seu futuro com precisão doentia. Escolheu jardim de infância, escola primária, ensino médio e universidade pra que ele tivesse uma carreira de verdade, pra que pudesse levar uma boa vida. Mãe, enfim.

Fora dos sonhos, a realidade a estapeava, ela tendo que ir de um trabalho de merda pra outro por não possuir documentos. Ia ficando babado essa vida marginal.

Nesse dia tinha que levantar cedo para ir pagar uns malditos boletos de imposto no PagoFácil, que de fácil obviamente não tinha nada. Essas dívidas que iam apertando o pescoço dela até o ponto do sufocamento. Levantou, se arrumou e desceu pra rua a exibir a barriga perfeitamente arredondada, sorrindo de felicidade, o pescoço envolto por um cachecol costurado por uma vizinha querida que sonhava em ser madrinha desse erê esperado, caído do céu. Se aqueça, ela falou , pro menino não pegar nenhuma doença, sem saber que aquele bebê só vinha crescendo em perfeito estado por obra de enchimentos.

Se dirigiu com as últimas notas que tinha amontoadas na mão enluvada a esse PagoFácil do bairro. O frio surpreendente da cidade fez com tivesse uma lembrança melancólica do sol quente do dia anterior, quando se respiravam bons ares. Tempo de climas estranhos, de grandes mudanças.

Pôs o pé ali onde infelizmente ela tinha que ir pra pagar e o viril garanhão encarregado da segurança do lugar olhou pra ela com um desejo obsceno, descontrolado. Ela, fazendo a egípcia, olhou pro outro lado. Era uma futura mamãe, não podia aceitar esses joguinhos. Entrou então na fila como todo filho de Deus e contou uma a uma, inabalável, as notas que desapareceriam, levando-a a passar fome.

O olhar moreno desse macho corpulento ardia em sua nuca e se emaranhava em seu picumã liso, longo e brilhante. Ela sentiu no fundo do coração uma visão clara e se deu conta de que ele era o pai indicado para o amado filho que trazia dentro de si.

Ele se aproximou como um ousado e destemido cavalheiro, tomou ela suavemente pelo braço e pediu com voz de homem que, devido à perceptível gravidez dela, deixassem-na passar à frente. Olharam pra ela com gentileza e abriram caminho. Chegou no caixa de braço dado e envolvida por esse sorriso de dentes brancos e perfeitos que faziam ela lembrar de Poncherello, o moreno de *CHiPs*, de quem ela gostava tanto quando eréia. Entregou os boletos a um caixa com cara de bunda azeda, abandonado pela vida e distante dos próprios sonhos. Confortou a si mesma por sua vida feliz e pela vida que crescia dentro dela, e também por aquela luz que vinha do pai de seu filho com esses formosos olhos negros.

Sem ninguém perceber como ou de onde, um ocó insolente, com cara de fumado, irrompeu do nada pela porta, aos empurrões, desastrado mas rápido como um raio, apontando a esmo um grande revólver que parecia querer escapulir daquelas mãos trêmulas. Correu decidido até o caixa, sem se importar com porra nenhuma. O moreno, surpreendido, ficou atônito vendo esse panaca infeliz apontar pra barriga da sua futura esposa sem pudor. Sem arma à qual agarrar-se por ser um simples segurança, correu desesperado a cobri-la com braços fortes de macho. O ocó, desorientado, atirou e a bala foi mais rápida do que ele, acertando-a bem no meio da barriga. Quando ela caiu em seus braços, beijou-a com vontade. O povinho desconfiado percebeu que algo de errado não estava certo, já que da barriga não saía uma gota de sangue. O moreno a levantou desmaiada e, com ela nos braços, saiu correndo, atropelando o povinho que murmurava desconfiado. Aproveitando o alvoroço e os gritos de desespero, o ocó saiu vazado dali.

Quando o moreno dobrou a esquina, a amada despertou em seus braços sem saber o que dizer e começou a chorar envergonhada. Ele a fez perceber que estava tudo bem, que entre eles nunca mais haveria segredos nem enganos, e tapou sua boca com um beijo de amor desesperado. Ela entendeu que, ali, alguma coisa tinha morrido... mas algo muito mais real... tinha acabado de começar.

Piuí, piuí!

Ia seguindo do jeito que dava. Contando os meses e se vendo no espelho, dia após dia mais barroca. E mais feia. Trajeto cruel, irrefreável, até o final. Não tinha sido infeliz de todo, mas tampouco feliz. E agora, barroca, a coisa ficava pior. Muito mais densa. O que a pessoa tinha escolhido nos tempos da juventude inconsciente, o tempo revertia de maneira assassina. O silicone industrial que havia sido injetado nela por Zully — uma trava sua amiga, fã incondicional da Moreno, que tinha morrido da tia três anos atrás, deixando-a muito solitária nesta vida — estava fazendo a podre em seu corpo. Manchas. Buracos. Rugas. O medo do câncer.

Lipoaspirar não tinha como, ainda que tivesse o aqüé era quase impossível. O corpo não absorvia e esse suco demoníaco escorria pra dentro lentamente, mas sem parar, se enfiando abusado em cada cantinho inesperado dela. Um consultório novo depois de esperar horas nessas merdas de hospital e as notícias ruins de cada dia.

— Não tem o que fazer, moça...

Os peitos já eram uma massa que se confundia com a cintura — que, além do mais, nunca tinha existido —, onde não era possível distinguir bem se o que ela via no espelho era um mamilo ou um umbigo. Os quadris... um na altura da panturrilha... o outro, do tornozelo. A boca... a boca era outra conversa. Andressa Urach, se tivesse sabido dela, ia até rir das coisas que viveu. Era como... era como se tivesse tentado comer dois bifes de alcatra sem conseguir engolir os dois nunca, daí eles repousavam pendurados nos lábios, esperando a digestão.

Nelly tinha feito de tudo. O que podia e o que não podia. O que convinha e o que não convinha. Tinha escolhido esse nome por causa da mãe, que morreu quando ela era eréia.

Já não dava mais. Tinha quebrado todos os espelhos da casa, onde antes se olhava com prazer nos melhores dias. Agora odiava se olhar. Sabia não ser possível fugir de si mesma, mas a falta de reflexo dessa pavorosa imagem dava a ela uma chance.

No inverno, até que saía pra rua, pois podia se cobrir, mas no verão, com o calor babado de Buenos Aires, ficava trancada e nem a ponta do nariz punha pra fora, até que o abraço cúmplice da noite impedisse ela de ser vista como uma atração de circo.

O que falar do amor! Se na juventude era já difícil — e esse sentimento tomava a aparência de um ou outro gigolô a quem, iludindo-se de que ele a queria, ela tinha bancado —, agora desse jeito, quem iria desejar a gata? Além de ter que pagar, tinha que pagar cada ano mais caro, a inflação chegava até nesses casos e ela penava com a situação, mais que todos.

O que sobrava?... Ficar sozinha com essa solidão que a queimava por dentro, esperando uma bomba atômica cair em sua cabeça. Mas sabia ser tão cagada que, se caísse a tal bomba em cima dela, ficaria sem pele, mas ainda assim viva. Fosse ela bem de aqüé, provável que estivesse passeando por Nova York no dia lá daquelas torres...

Essa noite decidiu que alguma coisa ia mudar. Pegaria o touro pelos culhões, não pelos chifres, e sairia pra rua. Alguém ela ia arranjar, como fazia nessas noites de desespero quando ia igual louca desenfreada no cio a algum cine pornô dos bairros Constitución ou Once para ser comida no escurinho do palco por mais de um, numa orgia improvisada ao melhor estilo romano, mas rodeada por outro tipo de imundície.

Compruou uma garrafa do mais bagaceiro otim num mercadinho chinês e subiu pra casa. Pôs o CD *As Pontes de Madison*, o filme favorito dela, e sonhou que dançava com Clint Eastwood. Entornou o primeiro gole, no bico. A ocasião não pedia nem copo. Foi lentamente se alterando e se maquiando de memória, percorrendo sem ver cada centímetro daquele rosto deformado pela inconsciência e pelos anos. Numa das mãos, o lápis de ponta cega desenhando os lábios com tremeliques de bêbada. Na outra, a garrafa que queimava o esôfago a cada novo gole. Pouco importava se tava pronta, não quis saber se ficou razoável ou um escândalo, há tempos não se fazia esse tipo de pergunta uó, não era obrigada. O que fez chegar a hora de sair pra rua foi a garrafa que acabou e agora repousava vazia debaixo do trapo celulitoso do seu braço.

Desceu. Não olhou pra ninguém, escondida atrás dos óculos Channel piratas comprados no Once sábado passado. Começou a caminhar e se deu conta de que estar no grau a liberava. Não é que não se sentisse feia, ela já tava é que se foda, queria outro gole. Se dirigiu pra estação de trem e chegou num balcão onde uns ocós tomavam cerveja rindo e conversando. Pediu um litrão. Um litrão que acabou voando. Tomou mais. Dois, três, quatro. Queria se esconder no líquido e nadar até se afogar presa nessa garrafa marrom e virar álcool puro, ainda que fosse pra se converter no objeto de desejo de um desses bêbados que estavam ao lado. Mas continuou bebendo sozinha. Os bofes, olhando desconfiados e fazendo caretas, diziam algo pra ela. Talvez entre eles estivesse o seu novo macho.

Não havia muita gente nas plataformas, tava pra sair o último trem e todos sabiam disso. Só chegavam os retardatários, os pássaros noturnos ou os bêbados. Saía à 01h45. Não tinha importância, ela não ia pegar. Um dos ocós olhou o relógio da estação e os demais começaram a rir, apontando pra ela. Tavam esperando a hora certinha pra sair correndo depois de arrasar com a gata. E começaram.

— Ô viado de merda, cê é feio, hein? Ainda bem que te fodem de costas, filho da puta...

Ela em silêncio escutava. Engolia a saliva amarga.

Não dizia nada. Atrás dos óculos, uma primeira lágrima despontou e correu direto pro coração, devagar. Não estava viva, disso tinha certeza nesse dia mais que em todos esses anos. Os ocós cruéis caminhando na direção da plataforma gritavam e cantavam rimas como se rodeados pela agitação de um estádio. E ela, com sua dor nadando no silicone industrial até a beirada das veias, teve que fazer algo.

— Corram! O viado velho ficou louco! — gritaram os bofes.

Nelly tirou o óculos, enxugou as lágrimas e o ranho, quebrou a garrafa no balcão e descalçou o salto. Os machos, menos corajosos que ela, corriam rindo e xoxando.

— Cuidado que o viado feio acaba com a gente...!

Em meio à risada geral, uma voz no alto-falante da plataforma ressoou forte.

— Plataforma número um liberada.

Os ocós entraram no trem, auxiliados por outros cúmplices tão covardes quanto eles, ou até mais.

Nelly correu e correu, revoltada, cambaleando. Botou um pé na entrada do vagão e se equilibrou, tentou agarrar uma porta e colocou meio corpo pra dentro, agitando a garrafa. A risada aumentou. Quando o trem ia sair, as portas se fecharam de repente e apertaram com força o peito da Nelly. Ela caiu na plataforma.

Os trens não tinha sido privatizados. Não restou ninguém lá. Um mendigo levou a sua bolsa, arrastou ela pelos ombros e a deixou apoiada numa coluna ali perto.

Menos de duas horas depois, o trem que vinha de Moreno carregado de gente abriu as portas tipo um caminhão de gado e saíram todos em disparada. Na coluna, Nelly descansava em paz com os olhos fechados pra sempre. Alguns a olhavam como um bicho estranho; outros deixaram moedas, por via das dúvidas.

Moedas... moedas... pra quê... se os mortos já não têm o que comprar... nem dão presentes.

Medialuna de manteiga

Quando Marlene Brigitte voltava da festa sem um puto, ia se arrastando com os saltos na mão sem se importar com nada a não ser mendigar um arôzinho pra comprar ao menos a porra de uma medialuna de manteiga. Era fascinada pelas medialunas de manteiga, acabavam sendo as mais práticas pra curar essa ressaca de merda que fazia a cabeça dela explodir. Esse dia estava sem axé, e com aquela cara ainda por cima, os poucos exemplares da fauna masculina com que cruzava na rua trocavam de calçada ao vê-la. Tava se lixando pra isso, ela era o que era e, se não gostassem, que mudassem de mundo, porque ela ia seguir sendo ela. Tinha mandado a família à merda um tempão atrás e agora ligava era pra quase nada, exceto boy magia com a neca muito mati ou uma noite sem aqüé ou um papelote de padê uó.

O caminho ia ficando longo, ela vinha da boate Amerika até o bairro San Telmo um passo por vez, ainda por cima sem sapatos e tratando de disfarçar o zigue-zague que fazia por ter que caminhar com todo aquele goró dançando tango na cabeça dela.

Lembrava a noite que a deixou nesse estado e ficava rindo largada, ou melhor, alargada, porque ela deu o nome. Lembrou dessa miniorgia com cinco bofes no túnel do amor daquela boate, onde faziam um carnaval babado de malões e gravações e vícios e monas. Era maravilhoso rastejar por esse túnel se apoderando de corpos jovens brancos e lisinhos, com suas necas rosadinhas famintas por um quete fácil. O grupinho que passou pelo corpo dela tinha um chefe... de uns vinte e um aninhos, e era o maiorzinho, o maior na idade e na rola... os centímetros que batiam no umbigo quando ele ficava didê ultrapassavam a idade que tinha, com seus vinte cinco de dote. O grupo inteiro esperava como louco o momento em que Marlene Brigitte botaria o edi na roda para a comerem. Ela, obediente como professora do jardim educando erês, procedeu com as piruetinhas exigidas por uma enguia daquelas sambando no rabo nada estreito dela, rabo do tipo que é preciso lubrificar com fluido de freio pra neca não se perder lá dentro. Fez todo um showzinho bafo pra saírem satisfeitos e eles ficaram feito loucos. Era melhor que o *Balão mágico*, e caiu na risada pensando em animar festinhas pra bofes maiores de idade se apresentando como *O malão mágico*. Testou eles todos e todas as medidas, um por um na boca e atrás, porque se tinha algo que ela detestava era discriminação.

Caminhava e recordava, a boca salivando. Não bastasse a aparência de sobrevivente de Hiroshima, tropeçou de tanta emoção e pisou num tolete de cachorro. Quando percebeu o que havia acontecido, encostou numa parede e vomitou. Era tudo o que faltava, gritou bingo e cartela cheia. Olhou pra sola do pé descalço emporcalhado de nena mole e do jeito que deu correu até o primeiro canteiro de grama pelas redondezas. Achou água no meio-fio e enfiou o pé pra lavar. Continuou caminhando perseguida pelo futum... além de bêbada e vomitada, agora com esse futum. MUNDO DE MERDA, AO PÉ DA LETRA.

Já não aguentava mais caminhar e caminhar, o edi dela ia encher de bolhas por conta desses quilos a mais que faziam as nádegas juntarem e ficarem irritadas. Mas, mesmo com todo esse horror, a lembrança dos corpos dançando em cima dela seguia valendo a pena e dando a ela ardores eróticos. Por isso caminhava, por essa força, pela força desse ramalhete de necas que fizeram ela se sentir mulher, que fizeram ela se sentir a Vera Fischer em *Bonitinha mas ordinária*, a Sônia Braga ferozmente desejada em *A dama da lotação*.

Estava só a duas quadras de casa, pensando com fome desmedida em vasculhar moedas espalhadas pelo quartinho chumbrega e descer correndo pra comprar uma medialuna de manteiga maior que a neca do bofe que tinha feito ela dançar lambada nessa penetração babadeira e uma garrafona de Coca-Cola bem gelada.

Porta. Vasculha a chave dentro da bolsa (era a única coisa que tinha de verdadeira amapô, essas porcarias que trazia na bolsa). Abriu... parecia escutar a música de abertura do programa do Silvio Santos. Lembrou do picumã dele sendo puxado pela Maísa e teve um calafrio. Aproveitou pra vestir algo mais confortável e limpo e dar um tapa no visu (nunca se sabe quando a deusa ia tirar a sorte grande).

Desceu apressada, ansiosa, com o estômago ressoando dentro dela igual uma ópera de Wagner, abriu a porta, foi até a esquina e, no que dobrou, trombou dois alibãs jovenzinhos com as calças quase arrebentando, dessas de policial que fazem o edi e a mala gritarem. Olharam sorrindo pra ela e a chamaram com gestos obscenos. Marlene Brigitte então se deu conta... eles tinham nos braços dois enormes embrulhos de padaria transbordando de MEDIALUNAS DE MANTEIGA. Gritou bingo cartela cheia e sentiu que a loteria da vida estava finalmente sorrindo pra ela.

— Bora, garota, fazer uma festinha... Mora perto?

Ela achou graça... ficou emocionada... o rabo e o estômago se retorcendo de prazer e surpresa. Subiu pra pensão junto dos bofes de uniforme como se protegida pela lei, como se formassem a tríade do antigo ditado "feita a lei, feita a mutreta", e cada um sabia o papel que lhe cabia. Dentro do quarto, trataram ela como rainha, tanto na boca como no edi. Revezavam com uma precisão fantástica e prazerosa, o ritmo jovem desses dois bofes alibãs a deixava louca de tesão e não ia dar pra evitar gozar igual uma cadela. Quando perguntou a eles se queriam gozar, disseram feito loucos que não aguentavam mais e ela esclareceu as coisas, tentando não ofender ninguém: A MAIOR VAI NO EDI... Trocaram de lugar e cavalgaram num ritmo sincronizado como o nado de Esther Williams.

Exploraram dentro dela todos os caminhos possíveis igual os discursos dos ministros do STF fazem. Ficaram respirando agitados, esparramados pelo quarto. A lei se levantou e começou a se vestir, a mutreta sorria feito boba e mais que satisfeita. Os alibãs voltaram pra aqueles uniformes impecáveis que cobriam o pecado e olharam pra ela com simpatia: a gente deixa umas medialunas pra gatinha?... Ela, sem conseguir acreditar, respondeu que sim com a cabeça. Desceram sozinhos porque a porta estava destrancada e conheciam o caminho. Marlene Brigitte não tinha mais nada o que pedir pra vida, pelo menos nesse dia... Nem o glamour da Dietrich, nem a consciência ecológica da Bardot... O que ela queria mais que tudo nesse mundo era dormir tranquila depois da manguaça dessa noite e encher a pança com uma enorme e deliciosa MEDIALUNA DE MANTEIGA.

Chuva dourada sobre mim

Eu guardava o mijo do Mauro. Nem pensava em jogar fora. Era a única coisa que me mantinha unida a ele e por nada no mundo eu ia permitir que algo nos separasse por completo. Mauro já tinha partido, mas uma parte dele ainda me servia de recordação. Uma gotinha só desse mijo atrás da orelha era suficiente pro meu desespero e solidão profunda sentirem que ele estava em cima de mim me acariciando e beijando, como nos melhores dias, quando o amor me fez acreditar que eu seria eterna.

Fazia dois anos que vivia num hotelzinho em San Telmo, na esquina das ruas México e Peru. Era uma pocilga habitada por baratas e ilegais. Ao ritmo da cúmbia, eu passeava pelo recinto cosmopolita latino-americano com meus saltões. O edifício estava pintado de rosinha claro. Quando o vi pela primeira vez, soube que essa era a cor ideal pra eu me sentir em casa. Era como a casa da Barbie que eu queria ter tido desde eréia, ao menos pela cor do lado de fora. Por dentro... afe... sem comentários.

Eu era feliz, ou pelo menos vivia uma vida cômoda na prostituição, sem planejar muita coisa. Os planos fazem a gente virar refém de uma existência infeliz e eu não queria isso pra mim. Fazia o bastante pros gastos diários e muito mais. Uns saltos novos aqui... um padezinho ali... muita balada... muito fervo... muito ocó. O aqüé que, por um lado, demorava babado a chegar, por outro saía em disparada da carteira, numa velocidade incalculável. Eu não era feia. Não era gorda. Não era barroca. Tinha só vinte e quatro anos. Fiz meu belo par de peitos à custa de cem trepadas completas de cinquenta arôs. Calculem aí quanto dá. Mas valeram a pena. Meus Sonhos de Valsa amados, eu falava pra esses lindos mamilos... sim... e tinha botado nome nos melões, eles mereciam uma identidade por tudo o que me custaram: Teto e Tito. Esses dois peitos eram a minha vida. Como o Tom e Jerry, como o Claudinho & Buchecha, como o Gordo e o Magro... Os boys ficavam igual bobos com esses montículos de silicone coroados por dois mamilos entupidos de perlutan, mas aí do nada viravam umas belas dumas mariconas... Posso pegar lá embaixo? É a primeira vez que eu... E quando punham na boca, viravam na hora a Cicciolina na melhor atuação ever.

Teve um único... um único entre tantos. Esse era o Mauro. Tão macho... Já sei... já sei que só por estar com uma travesti um ocó já não é macho, mas tou pensando a atitude, não a opção sexual. Tem heterossexuais que são mais bichas que muito viado. O Mauro era... O Mauro era o Mauro, único e irrepetível. Seu corpo. Suas pernas. Seu edi. Sua neca. Seu jeito de andar. Sua voz. Seus lábios.

Quando o vi na boate a primeira vez, eu estava já colocadíssima nos braços da madrugada e me avisaram que ele era gigolô. Um michê de luxo que tinha por profissão apenas cheirar e dar a elza. Eu quis provar... no fim das contas, o que é que eu não tinha provado... otim pra inspiração... padê pra uma levantada... a noite perfeita acabaria assim... com um belo exemplar de macho argentino. As críticas entravam por um ouvido e saíam pelo outro. Recalque. Puro recalque das bichas. Ele olhou pra mim e esses olhos mereciam uma resposta imediata.

Dois anos se passaram desde esse olhar. Setecentos e trinta dias junto dele. Umas dezessete mil, quinhentas e trinta horas. Inigualáveis. Que me fizeram sentir a vida com uma intensidade nunca antes experimentada. Tão grande como a solidão e a angústia que se apoderaram de mim quando ele simplesmente não voltou mais pra casa. Mauro era a dose de humanidade que eu necessitava pra me sentir viva. Cuidava de mim. Me mimava. Vivia de mim. Mas valia a pena.

Ficava dias enfurnado comigo no hotel. Aí eu saía pra trabalhar e ele ficava esperando. Sempre com um mimo que, lógico, quem pagava era eu. Mas que importância tinha, num mundo em que tudo pode ser comprado, comigo não era diferente. Uma garrafa de bom vinho... um papelote de padê... umas trouxinhas de taba... um quilo de sorvete. Ele era bem vicioso... mas muito macho. Nunca encostou um dedo lá embaixo e pra mim isso era tipo um presente dos deuses. Só deixava eu dar lambidinhas no edi quando ele tava pra lá de bêbado e eu enlouquecia com isso... a neca dele ficava tão didê e daí eram horas a fio me comendo de quatro. Alguma coisa deve ter rolado, alguma cagada eu devo ter feito sem querer, ou então ele se mandou apenas porque o gostinho da aventura tinha acabado. Talvez pra ele meus peitos tivessem data de validade e eu é que não me dei conta.

Viver num segundo andar com banheiro compartilhado embaixo fez meu tesouro ficar pra todo o sempre engarrafado. Pra não ter que descer até o banheiro, Mauro um dia perguntou se eu deixava ele mijar nas garrafas vazias de cerveja. A gente tinha várias. Tinha, às vezes, mais do que o reduzido espaço permitia. Se pra ele fazia sentido mijar nas garrafas, por que cargas d'água eu não deixaria? Fora que eu ficava louca, excitada, frenética vendo ele mijar. Acabava de mijar e, dando umas sacudidas, vinha na minha direção colocar na minha boca, e eu não tinha nojo nenhum, era o sabor do Mauro. Isso quando não se aproximava com o olhar tesudo e mijava em mim para depois a gente se enfurnar igual louco no meio dos lençóis úmidos.

Assim a gente ia se envolvendo entre o amor que eu sentia e o cheiro da urina dele. Quando juntava várias garrafas, eu descia pra esvaziar no banheiro e trazia de volta, e ele, aplicado e brincando de pontaria, precisava só de uns diazinhos para encher todas. Eu o amei mais que tudo na vida. E ele também, eu sei, ainda que nunca tenha dito.

Quando se mandou, senti que eu estava morrendo. Fazia frio e eu, meio adormecida, busquei o calor da pele dele pra me aquecer. Nessa manhã, a gente faria dois anos. Ele não fazia ideia, mas eu contava dia após dia, hora após hora, segundo após segundo. Quando senti que o calor dele não vinha, acordei assustada. Ele não tava lá. Não tava. Talvez... talvez tivesse ido no banheiro... Não, nunca ele iria no banheiro. Me levantei e no criado-mudo vi minha carteira revirada. Faltavam quinhentos arôs e o cartão do banco. Fiquei desesperada. Chorei como louca. Me sentia sozinha no mundo e gritei uivando feito uma loba privada da própria cria.

Nunca mais voltou. Ninguém sabia de nada. Por isso, desde esse dia eu guardava o xixi do Mauro como o único troféu que me restava.

A VIDA PASSOU como passa sempre, não importa o que a gente faça, mas sempre num cantinho lá dentro de mim eu esperava ele voltar pro meu quarto.

Quando conheci o Aldo, fui pega desprevenida. E ele veio justo para eu tentar esquecer. Aldo era diferente. Não era gigolô. Era um ocó bem, de dezenove anos, que tinha se apaixonado por mim igual o coitado de um santo. Um cliente ainda quase erê que tinha conhecido o sexo nas minhas mãos. Pouco depois de me conhecer, veio morar comigo ignorando a ira incontrolável da família dele, coisa que pra mim foda-se. Se a minha família tinha deixado de existir faz tempo, não entendia por que esperavam que eu fizesse algo. Além do mais, eu merecia esse amor incondicional depois de tanta dor e não me fiz de rogada, ainda que eu não o amasse.

Até que um dia... um dia, quando entrei no quarto depois de tomar uma ducha fria, peguei ele com a garrafa na mão. Não... isso não, pensei comigo, isso é tudo o que me resta. Isso é meu e do Mauro. Mas não pude fazer nada, apesar do meu sentimento de desespero, para impedir que ele desse um gole.

Engoliu nem sei como, fazendo cara de nojo. Tentou cuspir quando sentiu um sabor esquisito, mas era tarde. Olhou pra mim com uma cara estranha, limpou os lábios. Olhei pra ele. Me observou profundamente. Esses olhos... esses olhos que olhavam pra mim agora não eram os dele, tinham um brilho estranho... Me jogou na cama com paixão e me deu um beijo na boca e senti o gosto do Mauro nos lábios. Fez amor comigo de uma forma que nunca tinha feito e eu o senti como até ali não tinha conseguido... e nisso entendi... percebi nesse instante... podem até rir de mim, mas eu não tava enganada, esse era o dia do regresso tão desejado.

Aldo me puxou suavemente pelo cabelo e me olhou nos olhos... disse te amo... voltei a dar um beijo nele e me dei conta... pelo sabor dos lábios me dei conta de que o Aldo tinha ido embora... e que tinha voltado o Mauro.

II
CORAÇÃO DE MULHER

No tengo nadie que me acompañe
a ver la mañana.
Ni que me dé la inyección a tiempo,
Antes que se me pudra el corazón.
Y caliente estos huesos fríos, nena.

Charly García
Eiti Leda

Mãe possessa mata o viado

Se eu tivesse um filho viado pegava ele amarrava na cama rancava os bagos dele na gilete guardava enrolados em plástico-filme transparente no freezer Brastemp até domingo. E ele que ficasse sangrando igual eu tou sangrando aqui sem morrer que é pior do que morrer como ele. E depois na reunião de domingo na reunião familiar enfiava esses bagos malditos no processador de alimentos que ele mesmo me deu no último dia das mães e picava eles grossos como pra fazer empanadas de carne cortada à faca igual essas que fazem em Salta. Mas separava um bago do outro e fazia uma bordinha diferente pro direito e pro esquerdo como a gente faz pra saber quais são as de carne e as de presunto e queijo. E assava elas no forno a fogo médio e quando ficassem douradinhas brilhantes sequinhas soltando aquela fumacinha levava em bandejas de estanho até o almoço de domingo pra que toda a família comesse o viado comesse a culpa pra que dividissem ela comigo que eu sei que não sou a única. E aí depois da comida a gente toma umas goladas de vinho tinto pra fazer o viado descer e a gente vai rir dele e dessa viadagem ridícula e a gente vai ainda dar uma bela arrotada igual sapo mas um sapão-boi. E esse gosto azedo de viado subindo pela garganta vai deixar a gente com nojo e a gente vai começar a apodrecer um atrás do outro e vomitar mas não vai ser suficiente e ele vai ser cagado a gente vai cagar o viado. O viado que quis cagar com a nossa vida serena de família e a gente vai botar os toletes todos juntos num saco de lixo preto e que os catadores levem isso embora levem pra favela onde ele devia ter nascido não numa casa de classe média onde foi criado com esforço pra crescer direito pra não estragar pra não nascer bicha mas o viado é tão filha da puta que saiu essa bichona querendo me foder a vida. E falei que ele quis me foder porque eu é que ele não vai foder quem vai foder ele antes sou eu pra isso eu sou a porra da tua mãe seu porra pra te foder primeiro. E depois de a gente limpar o rego dessa cagada que cagou no mundo esse viado de merda a gente vai encher a cara encher mais ainda sem culpa porque esse viado já foi cagado e todo mundo então vai embora e vou ficar sozinha limpando todo o vômito a merda como sempre fico nos domingos porque sou mãezona e ficam os filha da puta achando que sou escrava que sou empregada e eu não falo nada por puro orgulho e mordo os dentes o lábio e lá vou eu esfregando essa bagaça até deixar limpa. E vou lavar os pratos onde as empanadas de carne de viado tavam e pegar o detergente Limpol litrão da promo e socar no rego vou enterrar ele dentro do cu e chorar regurgitando o recheio da empanada porque tou só o bafão de alho e vou subir a escada soltando peidos com bolhinhas fenomenais e ir ver o viado ensanguentado na minha cama já lá deve fazer uns três dias e vai tá aquele fedor de podre e não vou suportar porque não suporto um fedor desses eu esfrego e esfrego tudo com Qboa desde pequena e vou sentir esse fedor asqueroso e perceber que nem morto ele me deixa em paz e vou ficar possessa porque vou perceber que o sangue manchou o tapetinho novo sangue de viado que suja a minha casa a minha casa o meu tapetinho e vou ter zero vontade de limpar e vou pegar o telefone sem fio que ele com certeza usava pra falar com os amigos bichas viados viados de merda que estragaram o meu menino e vou sentir mais nojo ainda e não vou suportar mais e vou chamar a polícia e vão vir me buscar em casa com sirene e tudo e vão querer me colocar numa camisa de força mas vou convencer eles que eu fiz um bem pro planeta e vão me algemar só isso e me levar assim praquele xadrez da pequepê ou foda-se onde e os vizinhos do bairro que me conhecem a vida toda vão dizer olha aí tão levando a mãe que matou que matou esse viado de merda e vão dizer que teriam feito o mesmo no meu lugar e não eu não vou tá nem aí pro que quer que digam e vou ficar lá em cana trancada atrás dessas grades frias de merda vou ficar em cana toda a vida com o agravante do matricídio o cabelo raspado vestida de cinza e não vou tomar banho nunca ainda que peçam e vou fazer uma tatuagem bem maloqueira escrita essa foi a mãe de um viado pra que saibam e vou virar sapatão e chupar bucetas muitas bucetas todas as bucetas que eu quiser e vou ser a mais cuzona a mais sapatona a mais vadia a chefa e ninguém vai encher a porra do meu saco suas putas de merda porque vou dizer pra elas tou muito puta e sou capaz de matar e vão me deixar sozinha e vou ficar sozinha e lembrar desse viado que era o meu filho e agarrar as grades e rasgar meu ventre com o que tiver à mão e ficar sangrando e chorar e chorar muito antes que alguém encontre eu lá morta.

Amado Kombucha

Não era feliz... não era feliz... vivia nervosa... vivia com tesão... buscando uma neca que me satisfizesse que fizesse a minha racha sorrir com aquele sorrisinho Oral-B... oral, bebê, e você aí caía de bocona até deixar ela toda alegrinha... Quem dera... eu com tesão e nervosa me tremendo inteira e não encontrava um cacete nem fodendo... nervosa tava nervosa... tesão tava com tesão... tocava castanholas na larissinha a gruta pegava fogo. Ninguém olhava pra mim ninguém me dava a menor bola me ignoravam... me sentia uma samambaia murcha... me sentia um repolho... era feia era muito feia e quanto mais nervosa eu ficava mais feia... nasciam espinhas... espinhas cheias de pus... cravos... pontinhos pretos... furúnculos... no nariz nas bochechas na beirola do edi... ainda por cima como eu tava tão nervosa o suco gástrico ficava babado e me dava uns gases que cê nem imagina... se antes ninguém chegava perto agora quando comecei a soltar esses peidos podres ficavam ainda mais longe... eu tentava ser feliz mesmo assim... mas em vão... mas comecei a tirar vantagem disso... deve ser a coisa da adaptação feminina... quando chegava num lugar lotado e não dava pra sentar soltava logo o peido... fazendo a egípcia como se tivesse pensando num verso do Drummond... encostava na parede... esfregava um pouco o edi pra abrir caminho... afrouxava o buraquinho e saía... bufando... queimando... fazendo dreads nos pelinhos do meu edi... parecia o edi do Bob Marley... assim... um sopro venenoso... ffffffffff... e sacudia a saia como se tivesse dançando um flamenco... rapidinho o ambiente era preenchido com esse gás babadeiro... se formava o cogumelo atômico mas esse era do edi atômico... tinha Hiroshima na calcinha Nagasaki no absorvente com abas... o povo tomado pelo medo corria empurrando as portas antipânico vomitando com o fedor de pântano... é um atentado terrorista gritavam igual em Londres... não restava vivalma fora euzinha... me acomodava sentava na melhor mesa e chamava o garçom... um pingado meu bem ... com muito leite... quentinho... forte... e olhava pra ele com a língua de fora e dando uma piscadinha... ele tampando o nariz olhava pra mim com medo... ninguém afe... ninguém se animava e eu cada dia com mais tesão mais sozinha e com mais tesão... caminhava pela rua e soltava peidos de angústia... sozinha sempre... aprendi a cantarolar com o furico e isso me mantinha entretida... não vou negar que dava trabalho. Aprendi a fazer ele cantar cucurrucucu paloma... cucurrucucu palominha era... o problema é as vezes que o cucurrucucu esticava demais e a surpresinha vinha junto... aí sentia o molhado escorrendo pelo meio da perna até o sapato... eu tinha que ir na hora pra casa... plesh plesh plesh... as moscas atrás de mim... muitas moscas... milhares de moscas... e eu virava ainda mais feia... com cocô de moscas infectando os furúnculos na minha fuça.

    Eu tava igual louca numa puta pindaíba virgem indefesa... até que um dia a vida parou de dar com força na minha cara e tocaram a campainha de casa... alguém vem me visitar alguém vem me ver talvez um estuprador que se apiedou de mim que sou uma mulher sozinha e indefesa... riiiiiing riiiiiing riiiiiing... a campainha... emocionada iludida... alegrinha... e abro a porta... olho com surpresa...

    — Olá... bom dia eu sou a Nelly Troncoso a nova vizinha... do 5 C...

    C de comprar C de consumir C de curar o amor de curar... os males...

    — Queria me apresentar pra quebrar o gelo dessas situações novas que surgem com uma nova presença no prédio... tudo que você precisar posso resolver só com a boa vontade de uma boa vizinha...

    Não dava pra acreditar Deus não tinha se apiedado de mim ele me castigava mandando essa patética estúpida vendedora de tapuer.

— Tudo tem solução menos a morte... e pensando nisso... eu sou a representante exclusiva na América Latina de um produto natural e milenar.... o fungo... Kombucha.

Eu tava catando é nada... fungo? Que que eu ia querer com fungo eu queria é que me socassem fundo...

— Fungo por fungo... Kombucha... com Kombucha você vai ter tudo o que deseja basta esfregar ele na parte que tiver precisando...

Kombucha Kombucha sossega a minha gorducha. Com o fungo com o fungo vai conseguir quem soque fundo. Deus do céu era o que faltava ter que andar com esse Kombucha dentro da calcinha... Mas convencida pelo desespero e pelas boas técnicas de venda aceitei a oferta... isso era marketing... ou a necessidade imperiosa da racha... mil arôs em Kombucha eu comprei... a casa cheia de frascos e mais frascos como se a fábrica da Pomarola tivesse dentro da minha quitinete... era um fungo asqueroso... gelatinoso... com cheiro meio de vinagre e eu esfregando e esfregando o Kombucha na racha... tinha hora que eu me enfiava o frasco inteiro destampado e quando ele tava dentro aspirava slurppp e tirava o frasco vazio e limpo e deixava o Kombucha lá dentro... não sei se o Kombucha fazia milagres mas me deixava relaxada... até que um dia... tocou a campainha da casa... já não tinha espaço... o Kombucha se reproduz igual louco tipo os coelhos tipo os gatos... Kombucha no banheiro na sala na cozinha Kombucha Kombucha...

Indo abrir a porta me respondem lá de fora com uma vozona masculina de macho argentino...

— Senhora... é o encanador...

Encanador? Mas eu não tinha nada pra desentupir... ah... na verdade... sim... mas não acreditava que um encanador se animaria a não ser que fosse um limpa-chaminé... mas bem... era a voz de um homem... um HOMEM MACHO REPRODUTOR.

Abri pra ele... era um cafuçu... tesudo... boy magia...

tinha vindo consertar o encanamento de outra vizinha mas convenci ele que o MEU tava pior... ficou... quando eu tava caminhando pra cozinha rebolando o edi pra ele perceber as minhas necessidades de mulher senti alguma coisa caindo no meio das pernas... Ai santo Deus minha Virgínia... que babado era esse... isso caindo justo ali era o quê? Tava caindo o meu útero?... nããão... começou a cair um líquido pegajoso entre as minhas pernas e eu catei... o Kombucha tinha ficado dentro da racha... oh Deusss como é que eu ia contar pra ele... no que eu ia abrir a boca meteu a mãozona no meu rego me fazendo engasgar... me girou deu um beijão de língua bem na minha fuça e falou todo safado:

— Bora, gata... já vai imaginando como é que eu vou desentupir esse encanamento aí seu!

Me botou em cima do fogão e meteu em mim até o talo... sentia o gosto de vinagre do Kombucha na garganta... mas de repente no melhor momento senti algo estranho dentro do meu corpo... as tripas se contorcendo... uma hecatombe interna... não... justo agora me dava uma puta vontade de cagar... justo agora... tomara que não saia nada eu implorava... tomara que não saia senão vinha a chuca babado nele... nenava ele todo... e se fosse um peido eu me conhecia os miolos dele explodiam... não por Deusssss ele precisava gozar antes disso acontecer...

Ele em cima de mim arregaçando e eu me retorcendo pra não deixar escapulir nada...

Nisso... o contorcimento das tripas foi mais forte que a contenção... algo estranho acontecia no meu organismo... o Kombucha começou a se mexer frenético dentro de mim... a rugir como um leão no cio e o encanador achou que o que me fazia rugir era ele... nãããão... era o Kombucha zangado e ciumento querendo vazar... era a Sigourney Weaver no Alien... meu Deussss... numa das estocadas que o encanador deu a neca dele saiu lá de dentro e então o Kombucha aproveitou e mostrou ferozmente a carona pegajosa dele tirou pra fora a língua me olhou me deu uma piscadinha e diante do olhar horrorizado do meu mais novo amante olhou pra ele abriu a bocarra e o engoliu... quando digeriu ele inteiro tascou um pavoroso arroto com cheiro de macho que acabou de ser mastigado e se enfiou de novo dentro de mim... Aiiii Deussss... que foi que eu fiz?

Desde esse dia já não estou mais depressiva... estou alegrinha... já não preciso de ocó perto... nããão... pra quê? Perto? Nem louca... se eu já tenho um aqui dentro...

Kombuchaaaaa, Kombuchaaaa...

Aqui estou eu, céusssss!

Kombucha, Kombucha, rebenta a minha pequerrucha...!

Ossinhos de frango

Que calor fazia! Era um desses dias em que o corpo não era o bastante pra tanto sofrimento. Faltava espaço dentro de mim. A angústia transbordava. E não por algo especial. Por tudo. Tudo era podre. Odiava tudo. A única coisa que eu gostava era de planejar a minha morte. Mas odiava principalmente a covarde que eu era, porque eu acabava acostumando. Quando a cabeça doía assim babado, eu fechava com força os olhos. Bem forte. E esperava que ao abri-los tivessem sumido os pensamentos que faziam meus miolos revirarem. Mas lá estavam. E dando risada.

Mamãe cozinhava num barracão lá no fundo. Frango com batatas e batata doce assada. Eu odiava frango, a ponto de achar que dia desses ia acordar e encontrar nas costas um par de asas. Passada. Sim. Depois de tudo. Sim. Pra eu dizer dessa merda de casa num voo rápido. Dessa merda de bairro. De todo esse bando de cuzões. Tinha sonhado muitas vezes que voava e isso era incrível... mas voava com asas de pássaro, não de frango. Mas odiava frango e tinha que comer de boquinha calada, porque era o que tinha e o que dava pra mamãe comprar com muito sacrifício, e eu que não me queixasse... porque se não tivesse gostando a porta da rua era serventia da casa... e que eu já era grande e não fazia porra nenhuma... e ainda por cima reclamava... e sei lá eu quantas outras merdas ela vomitava pela boca, essa boca de lábios molengas quase sem dentes de bruxa barroca.

Sim, odiava frango mas ódio maior eu tinha pela batata doce, sério. Eu adorava, sim, a normal. Mas a doce... Juro que esse dia por pouco não soquei as batatas uma a uma dentro do edi dela, lá fundo, até porque ela já não tinha mais que dois dentes, a mastigação ia ser quase igual de um jeito ou de outro, pela boca ou pelo cu. E além do mais ela despejava merda pelos dois lados, mas as merdas da boca doíam bem mais. Lá dentro de mim. Bem no fundo.

    Essa barroca de merda tinha sessenta e cinco anos. Minha mãe. Minha merda. Sessenta e cinco nem era muito, mas ela estava destruída e parecia ter oitenta. Eu tinha já quase quarenta e me via indo na mesma direção numa velocidade babadeira. Umas filhas da puta. As duas. Cada uma à sua maneira. Eu por ela ter me parido e ela por me parir só pra zoar a minha vida, sem me dar um segundo de paz. Me criou sem pai. Por ser puta. Puta e azarada. Porque dá pra pessoa ser puta e ligeira, esperta, e não fazer igual ela fez, dando de graça por aí pra, depois, ter que ficar me aturando, como ela dizia sempre que tomava otim além da conta com algum vizinho que ficava se lançando pra cima dela por ela ser gostosona. Rá. Gostosona. Lampejos da puta jovem que foi.

    Mas esse dia tava tudo pior. Esse dia tava pesado. Parecia não acabar mais com aquelas centenas de horas. Milhares de minutos. Milhões de segundos fustigando a minha cabeça. E ainda por cima eu ia ter que comer a batata doce. Essa merda de batata.

    Pus a mesa. Pus os garfos. As facas. Os pratos. A água. O vinho. Os guardanapos. Pão não tinha. Se não tinha molho a gente não comprava pão. Pão com frango não dá. E com batata doce menos ainda. Veio mamãe trazendo a travessa com dois quartos de frango, seco, vencido, a carne separada do osso do jeito que eu odiava.

— Não tá gostando, cozinha você. Se eu cozinho, eu que cozinho.

    Calada fiquei. Quieta. Com um nó na garganta que era a pior coisa que podia acontecer na hora de comer. Peguei o garfo. Peguei a faca. Espetei as presas. Olhei pra faca. Vi a garganta da barroca. Juro que deu vontade. A veia saltada. A veia de véia. Uma varize bem no meião da fuça. Quem disse que eu não tava fazendo um favor pra ela? Cortei. Comi. Ela olhou pra mim, dividiu as batatas assadas e as doces em partes iguais e começou a comer. Se ela gostava das doces por que é que não comia mais. Pra me gongar, só isso. Pela filha da puta que era. Olhei pra ela com mais nojo do que o que eu sentia pelas batatas. Nem se mexeu. Atacou um pedação de frango e mastigava do jeito que dava com algum dente que restasse num dos lados. Baixei a cabeça, experimentei uma batata assada. Seca. Difícil de engolir. Igual esse dia.

    A hora que eu ia servir vinho, vi que ela tava fazendo uma cara esquisita e olhava pra frente como um pavão com o peito estufado. Como um pavão empavonado. Olhei com estranheza e ela me fez um sinal esquisito. Continuei olhando. Ela agitava os braços e por um instante achei que tivesse virando frango, sério. Agitava os braços igual um pássaro e punha as mãos na garganta. Agitava e agitava. Me fez rir. Pela primeira vez no dia. Esse dia uó. Dia que me encurralava como uma presa indefesa.

    De repente virou pra mim os olhões esbugalhados e agarrou o meu braço. Ficou dando puxões. Saíam lágrimas dos olhos dela e ela mexia a boca igualzinho um peixe. Soltei a mão e fiquei imediatamente de pé. Olhei pra ela. Olhei a travessa com as batatas doces. Essas que eu odiava tanto. Vi que a cara dela estava inchando e que pela primeira vez na vida tinha o esboço de uma súplica naquele olhar. Me pedia ajuda de forma desesperada. Olhei pra baixo, meu estômago tava vazio e ficava cada vez mais apertado o nó na garganta. Decidi. Empurrei a cadeira com a força de um pontapé. Ela caiu no chão. Começou a se contorcer como um verme. Mas nunca voou como um frango. De repente ficou quieta. Roxa. Com a boca entreaberta e os olhos redondos sem piscar, tipo ovos fritos. Ovos fritos. Que delícia. Mas sem pão não serve. Não vale a pena.

    Cheguei perto quando vi que não se mexia mais. Dei um chutinho nela. De leve, nada demais. Fui num vizinho. Pedi pra usar o telefone. Chamei o Samu. Vieram. Vieram os alibãs, fizeram perguntas. Eu falei o que sabia. Pelo choque que tive eu nem sequer chorava, diziam. Falei o que sabia. Que tava no banheiro, que escutei um barulho, uma pancada surda no chão, um prato quebrando, um copo... uma cadeira que caía... disse que saí correndo, que já encontrei no chão a barroca.

Foi rápido. Foi simples. Não sei por que ficam dizendo que os alibãs não são atentos. Levaram ela na ambulância, mas não sem antes me dizerem que já tava morta, sufocada com um desses ossos de frango que eram mais traiçoeiros.

Nessa hora entendi porque mamãe nunca dava essas sobras pros cachorros.

Coração de mulher

Toca no fundo Singing in the rain, *uma mulher dança com um guarda-chuva toda boba, como se apaixonada. Fica parada, fecha o guarda-chuva e com amargura diz:*

— Que buceta do inferno essa porra de chuva, as plantinhas com câncer super secas e nada de chover, aí cê vai fazer um bofe e vem o dilúvio. Fora que era um boy magia, Chevetão na porta, uns olhão verde cor de mate, boca que engole a sua racha e te faz ter convulsões, a cachola começando a girar igual a Linda Blair no *Exorcista*... mas que porra de chuva. Parece coisa do capiroto. E ainda por cima esses merdas que não sabem andar com guarda-chuva, os que têm guarda-chuva indo do ladinho do telhado e os que não têm, pelo meio-fio. Daí que eu faço mesmo a podre e vou encostando nos pacotes com a ponta do guarda-chuva, pra ver se arrumo algo no caminho... de zica em zica ao menos uma mexerica. (RI FEITO BESTA.) Pra xoxar um pouco no trem que ia a mil, fiquei roçando a ponta do guarda-chuca no fiofó da barroca como se fosse neca, a barroca ficando louca, suando bicas, e nisso o trem freou de supetão e o guarda-chuva ficou lá socado nela até o talo. Tirei rápido, sacudi pra cair a caca que ficou grudada, barroca suja da porra, e troquei de vagão antes que ela viesse atrás de mim com um doce.
Sou da cidade de Catán, González Catán, de onde vêm e vão os galãs, lá os ocós piram nesse buzanfã... (RI FEITO BESTA.). Porque eu sou do interior e interior é só tiração. Tive que envolver o pé com sacolas do supermercado pra não chegar o sapato puro barro e, tivesse eu dois arôs dando sopa, punha é logo dois guantos, aí era boca-de-se-fuder, isso sim é impermeável... Tô só o pó, a racha seca, o grelo que nem isopor, camelei trin-

ta quadras porque aqui nóis é da quebrada, e é trinta quadrinhas até a parada do busão que ainda por cima atrasou tipo duas horas, eu parecendo epilética pulando esse montão de poça quando vim caminhando... fora que falei pra esse boy magia que eu era do Bairro Norte, se eu falar que sou de Catán meu edi já fica a ver navio... astúrcia, cata... igual teia de aranha... tarântula a aranha que com o tanto de pão que eu como meu edi tá que parece sofá de dois lugar... aranhona bunduda eu tou que tou. Tanto sacrifício por bofe... e a gente sozinha, qüenda... horas de chapinha pra aí pegar uma umidade e o picumã da gata ficar igual o do mãos de tesoura. Mas bom, fazer um bofe é mara ainda que depois a gente saia caçando igual louca, porque bofe é bofe... eu ia ter amado ser homem, macho, bem macho desses ocós com cheirão de saco... eles mijam em tampa de privada, ficam tirando caquinha esperando o semáforo abrir, soltam aquele peidão, aí acham um barato enfiar sua cabeça embaixo do lençol brincando de Fantasminha Camarada, xoxando, agora vai eu soltar o peido, aí sou porca.

Eles têm zero noção, o contrário das gatas traumatizadas com mil coisas que a gente precisa levar em conta... Uma vez o lixo tomou banho em casa e deixou o sabão cheio de pelo jogado na banheira e quando fui lá achei que era uma tarântula, puta cagaço que deu, cê não faz ideia. E a coisa do fúti... que que esses bofes pensam... teve um aí que a hora que ia gozar começava a narrar um jogo... olha o gol olha o gol olho no lancêêê ééé, ele gritava igual louco, e eu pensava ok tô tirando a teia de aranha mas pô que uó comparar a minha racha com um gol abertão desses... sem noção total.

Já fiz trocentos bofes, não vou bancar a virgem também... teve um que chamavam Chouriço... cê deve imaginar porquê, fazia eu ver estrelas, não que eu sentisse dor, nunca que fui apertada, as estrelas de Hollywood é que ele me fazia ver, sentia a glória, Carnaval nenhum era suficiente pra eu me saciar dessa jeba. Agora, a primeira trepada tinha que ser no banho porque ele vinha a pura carniça do frigorífico, nariz nenhum aguentava. O Carlo era bonzinho, trazia miúdos tripas lombo, enchia a minha geladeira, mas o pedação de chouriço ele guardava não, servia pra mim na bandeja ali no próprio dia... sujinho mas um amor.

E eu dizia pra ele não se sentir mal: amor, a primeira é no chuveiro... Bem ensaboada, imagina como escorregava essa estrovenga no sabonete branco, eu soltava um peidinho e era bolha saindo sem parar dois dias, tipo buraquinho de bolha em comercial de sabão. Ele fazia de besta fingindo que o sabonete tinha escorregado, conversa mole, aí me dizia boneca pega ele ali e eu agachava e toma-le cacetada. Que lindo o Chouriço, manguaçava que era uma beleza, sempre agarrado numa garrafa de vinho tinto não importa onde fosse. Um dia ficou mais altinho e queria porque queria enfiar a garrafa no meu edi, tá louco, Chouriço, achando o quê, meu edi virou adega agora? Além de que ele tomava só vinho uó e a deusa tem que manter o nível, senão a coisa desanda. Fosse um Etchart Privado que ele tivesse tentado entuchar em mim, vá lá. Outro dia ó ele entornando um Sangue de Boá, aí reclamei nada a ver esse e falei... tão tosco assim, simplão, fosse pelo menos um tinto fino... E ele falou, cara de pau total, bom gata, meto ela no seu cu não, atocho a garrafa é na sua buça e, já que agora cê tá madame, que tal esse francês aqui: Stauner La Chòta, mais fino que esse... Rachei o bico na cara dele rachei.

Teve outro que chamava Geraldão, igual da revista. O Geraldão em vez disso tinha ela normal mas tortona, uma neca Capitão Gancho como eu chamava. Quando sentava nela me sentia uma peça de carne pendurada no frigorífico... neca aquilo não era, era um cabideiro. O Geraldão, que caipirão gostoso.

Quanto ocó, quanto ocó não passou pela minha cama. Pela minha cama pela minha mama pela minha xana pela minha chama.

Ai, afe, lembro como se fosse bem hoje fosse... Uma

vez fiz um na boate que me deixou passada com o malão dele, eu que sempre fui de checar a comissão de frente, colei nela e disse: paizinho, com esse malão cê deve tá indo viajar tipo uns seis meses, né? Quer companhia? Lógico que sem perder tempo, fazendo a linha Kid Bengala, ele me puxa pro camarim e quando a gente tá engalfinhado na poltrona aquecendo a chaleira vou pra cima da braguilha dele pra me acabar com aquele peruzão e ó ele empurrando a minha cabeça e dizendo: boneca, dá umas bitoca aí na chapuleta, e nisso ele dá um totozinho na minha nuca... por que é que ocó quando quer um quete dá essa empurradinha uó na cabeça da gata, devem achar que a gente tem mola na nuca, me deixou putaça, mas essa mercadoria eu não ia perder nem que tivesse morta. Nisso vou chegando perto e tinha uns ovões igual de avestruz, além do peruzão os ovões de avestruz, rá... isso não era cueca, era uma gaiola, isso sim... e era eu só pôr a periquita e começava a festa... eu dando um carinhozinho bem na linha Demi Moore no Ghost a hora que ela molda a bigola de argila, falei: paizinho, que ovões lindos, Virginha do céu... E ele falou pra mim: garota, então, isso é uma hérnia... Faltou perna pra eu chegar no banheiro antes de vomitar.

Uma héééérniaaaaaaaaaaaaaaaaaaaaaaaaaaaaa!

E foi assim que conheci de tudo: lindos feios gordos magros, porque, né, em época de guerra... qualquer pistola serve de defesa.

E o Ricardo... ah, o Ricardo... romântico, educado, limpo, higiênico e reservado... uma joinha, pra levar pro altar, eu de vestido branco, isso achei até a primeira vez dele pelado na minha frente... custou pra chegar o vamovê e eu não tava catando, porque o comum é os ocós te tirarem pra dançar e já irem encostando o peru na gente, mas esse aí não, era diferente, e minha racha numa suadeira braba com isso tudo de beijo, abraço, aqui no meio das pernas parecendo chaleira apitando, e mais as flores, os mimos, elogios, jantares... e eu pensava: não pode ser, ganhei na Mega Sena, ou no pior dos casos na Mega Quenga... Até essa noite, me lembro ó como se fosse hoje que vi ele paradinho pelado tremendo, como é que o coitado não ia se borrar todo no vamovê se nem o ator principal ele tinha trazido... Mais mixuruca que o sucesso do MC Kevinho, tinha que ser equê, dava pra acreditar não, eu com a gruta de Lourdes pegando fogo e ele com um Sacizinho Pererê pendurado, achando que ia carcar fogo em mim com aquela verruguinha, porque aquilo não passava de uma verruguinha. Olhei pra ele e disse... por que cê não vai na cozinha, amor... já que cê trouxe essa mandioquinha, pega uma cerveja também.

E agora que tô lembrando, lembrei dum outro que era anão, uma fera o petiço, anão anão tipo o Nelson Ned, ma muy lindo de cara. E cê nem imagina como que ele ficava em pé, trepava em cima de moá, eu de quatro aberta igual shopping no domingo, e quem olhava era tipo um chihuahua socando um porco até o talo. Que lindo o anão, às vezes eu punha um arnês nele porque no meio do tesão doido eu tinha medo dele ficar preso lá dentro. Dias e dias a gente se devorando sem cansar... até que o circo do bairro se mandou.

E na real, quanta historinha, muitas... mas não anda sobrando tempo...

Vamo ver o que rola com esse que tá pra chegar... mas lindos feios gordos ou magros, sem os ocós eu ficava ainda mais histérica... é um mal necessário os machos monas.

Agora tenho que ir, ainda tenho que pegar dois busão até chegar na Recoleta, lá vem, lá vem... tchau... a gente se fala...

Toca a canção inicial, ela vai rodopiando o guarda--chuva, feliz.

III
CAMARADA KAPOSI

Cuento con las alas del mar
Si no encuentro un ser humano
que me pase a buscar
Ya no puedo verme llorar
Es de noche y se hace tarde
Yo te espero en el bar.

Fabiana Cantilo
Mary Poppins y el deshollinador

A Mister Ed

A Mister Ed era única. Feia como só ela. Tucumana da gema, morena quase dúndi de antepassados aborígenes. Nada disso tinha impedido ela de, apesar dessa feiúra enorme, virar primeiro bichinha e depois travesti. Ela xoxava horrores e dizia sempre:

— Enfim... os que eu vou fazer ponho logo de costas. É só me verem a ponto de bala e já esquecem da cara.

Tinha um necão odara. E pra falar a verdade, a imensa maioria dos consumidores de carne de porco, como os reacionários são aqui chamados, adoravam ter um negoção desses bem servido dentro do edi. Esses mesmos fascistas que enchiam a boca nos cafés censurando tudo eram os que mais pediam pra terem o edi arrombado na hora de irem pra cama com uma trava. Ela nunca dizia não. Tinha vivido na miséria desde eréia até o começo da adolescência. Tinha caminhado pelas ruas de Tucumán com os primeiros saltos, até o dia em que trombou com o pai e decidiu sair vazada pra Buenos Aires, buscando as amigas bichas que cuidaram das trocentas emma-thompsons que o genitor tinha deixado nela, já que a única psicologia que ele entendia era a da pancada e da cinta. Aquela coisa de "na porrada é que se vira macho". Mas ela adorava ser bichinha. Por isso picou a mula. Nunca mais voltou praquele estado, nem sequer pra ver a mãezinha amada.

As bichas podres que viviam com ela em Buenos Aires tinham apelidado ela de Mister Ed em homenagem àquele famoso cavalo falante da TV. Primeiro, pelo carão. Um queixo enorme e quadrado, um nariz exageradamente comprido e curvado parecendo uma escultura tridimensional e os olhos negros demais e muito juntinhos. Além da cara de cavalo, ela falava pelos cotovelos... por isso... Mister Ed era o nome escolhido pra tucumana pelas nobres amigas, que a poupavam de ter inimigos porque já era o bastante só com elas.

Mas todas se divertiam. Além disso, esse apartamento de dois quartos parecia, mais que um apartamento, um ninho de cobras. O mesmo espaço onde viviam as quatro amontoadas se transformava, a hora que o porteiro interfonasse, num motel improvisado. As três amigas que estavam com ela se encarregavam dos que buscavam peitos e edi. Mas quando algum cliente (e não eram poucos) andava atrás de neca... aparecia a Mister Ed, que também honrava o apelido hollywoodiano de cavalo com o que trazia entre as pernas. A Mister Ed nunca se cuidava. Usar guanto não era com ela. Dizia que era apertado e incomodava e que a neca dela tombava só de chegar perto. Tentaram fazer ela mudar de ideia mais de uma vez mas ê bicha cabeça dura. Os ocós vinham igual doidos, chapados de insensatez, atrás da deusa porque sabiam que era das poucas que davam leite fresquinho.

Além disso, não se protegia porque cobrava mais caro quando fazia senza, e mais ainda se gozava dentro. Mas esse gozo, sem ela nem se dar conta, uma hora... gozou bonito com a cara dela.

Um dia, ao terminar de tomar banho, tava na frente do espelho pra desembaraçar o picumã, negro e duro igual crina, quando observou uma manchinha... uma mancha... parecida com aquelas outras... que só sumiam com as quatro injeçõezinhas de penicilina que paralisavam a perna dela... e eram das caras, ainda mais se você tinha que comprar sem plano de saúde. Foda-se, se tava com a sífi ia ser a terceira vez, e a terceira era a babadeira. Não ia deixar de trepar, senão quem ia comprar as bonitas... E mais, ficou pensando em quantos ocós teria que fazer pra garantir o aqüésh de uma injeçãozinha por semana. Se a perna ficasse doendo, que doesse. Essas manchas ela odiava e tava decidida a lutar com unhas e dentes contra elas. E se dessa vez doesse mais, ia continuar trepando mesmo que acabasse paralítica, e uma bicha amiguíssima sua empurraria a cadeira de rodas se necessário.

A mancha era igual uma que ela tinha descoberto dias atrás no tornozelo, pertinho duma tatu maloqueira que ela tinha com a palavra MÃE. Já eram duas... em poucos dias iam ser cem... ela sabia. Passou na cara uma tonelada de reboco Ruby Rose número 6 e acabou parecendo uma personagem caricata, mistura de mímico, palhaço e gueixa. Pegou o busão e foi pro hospital Muñiz. Esperou nos corredores cercados de morte até o médico chamar, um mediquinho jovem já com um verniz de insensibilidade na cara por conta do costume. Quanta coisa ele devia ver ali. Tanta coisa! O caso da Mister Ed devia ser uma besteirinha à toa, sem dúvida.

O médico perguntou.
A Mister Ed respondeu.
Mostrou.
— Queria uma receita de penicilina porque tive isso outras duas vezes e na primeira que te aplicam já vai saindo...

O médico olhava com atenção as manchinhas. Observava. Pegava o tornozelo. Pegava o rosto.

A Mister Ed foi ficando nervosa.
— Tá fazendo o quê? Vai dar a receita ou tenho que ir em outro hospital?... Esse lugar é uma merda, quero ir embora agora.

O médico olhou pra ela e falou sem qualquer expressão mas com delicadeza:

— Preciso que você faça uma biópsia pra ver realmente do que se trata. Não acho que dessa vez seja sífilis...

Como assim não era sífilis? Era o quê, então? Quem que ele achava que era? Uma vossa excelência? Um gênio? O Oswaldo Cruz? Quem era esse fedelho abusado que ousava discordar do diagnóstico que ela sabia de cor e salteado?

Se acalmou e escutou. Esperou. Podia ser mais grave do que pensava. Um nome estranho ecoou na sua cabeça. Despedaçou o coração dela.

Kaposi-kaposi-kaposi-kaposi-kaposi-kaposi-kaposi-kaposi-kapôôôô!!!

Fez os exames.
Esperou ansiosa.
Trepando ainda com mais raiva.
Buscou os resultados e viu o médico outra vez com a carona uó dele, como se fosse nada de mais lidar com os destinos e os sentimentos das pessoas. Quando foi confirmado o que ela temia, pegou os exames, se despediu, deixou o médico falando sozinho e saiu correndo. O ar de Buenos Aires tava fresquinho. Diziam que era assim mesmo na primavera. Influência do Furacão... do Katrina... do Kaposi... da PORRA DA TUA MÃE. Foda-se.

Foram semanas duras, solitárias, de muita choradeira e silêncio. Não queria contar pra ninguém ninguém. As bichas são amigas dela mas se ficam sabendo pegam o primeiro megafone que encontram e saem na avenida Nueve de Julio esgoelando na maior gongação:

— Ela tá com a tia e eu nãããããão...

Não ia dar esse gostinho a ninguém. Se as manchas continuassem, usaria mais maquiagem ainda, mais e mais... Se usasse Mary Kay ia ser babado, a conversa aí seria outra. Compraria a fábrica da Ruby Rose ou da Vult, se fosse preciso.

Uma tarde tava sozinha no apartamento quando chegou a Shirley, outra tucumana de visita em Buenos Aires e nem um pouco a fim de ficar na grande capital. Tava casada com um tucumano que a neca era tipo um facão e ia abrindo caminho até os desejos selvagens dela sempre que ela queria. Isso sim era amor. O resto era baboseira. A Shirley dizia sempre:

— Olha como viado é... cu com leitinho quente... coração contente.

Essa tarde, entre mate e mate, a Shirley contou pra

ela a história da Angie, outra tucumana que tinha pegado a tia e tava agora curada.
— Curada? — perguntou a Mister Ed.
— Foi, mona, te juro... curada por uma olhinho puxado.
— Uma olhinho puxado?
— Isso, mona, sem xoxação... igual às pílulas do Frei Galvão.
— Tá boa...
— Juro por deus... e pelo meu freizinho...
— E como é que foi isso? — perguntava a Mister Ed, dissimulando o interesse pra outra não catar o quanto ela tava ansiosa.
E a Shirley, sem poupar detalhes, contou tudo tintim por tintim:
— Olha... a olhinho puxado põe umas sementes energéticas na sua orelha e você sai curada... nas duas... sai curada... tem que ir sozinha... ah, é o que ela disse... a energia, cata... da própria pessoa...
— E onde ela tá?
— Tá em Belgrano... o Bairro Chinês... é tipo a mona do Quiu Biu...
— Ha, ha, ha... que fashion...
— A olhinho puxado Quiu Biu...
— Ha, ha, ha.
— E cura igual às pílulas do Frei Galvão...
— Igual as Quiu Píululas da Biu Galvão...
Ficaram rindo as duas e tomando mate amargo.
A Mister Ed perguntou:
— E... o babado lá... onde que fica?... certinho, quero dizer...
A Shirley olhou pra ela com uma cara esquisita.
— Mona... não assusta eu, não... não vai me dizer quê...
A Mister Ed fez a pêssega.
— Nada a ver, afe!... É por causa do fígado, que com o que eu tô tomando não tá dando, aí quem sabe ela não cura umas coisas assim, é isso...
— Ah, sim... vai saber... então toma...

E tirou um papel da bolsa com a explicação toda.
A Mister Ed se sentiu salva pelo gongo e leu atentamente:

— MESTRA LUNG YANG —
AROMATERAPIA
Essências milenares relaxantes
AURICULOTERAPIA
Sementes milenares
Sem agulhas — Sem dores
MASSAGEM RELAXANTE
Costas — Rins — Coluna
MAQUIAGEM DEFINITIVA
Cílios - Sobrancelhas - Lábios
AINDA
Diabetes — Varizes — Dependências — Obesidade
Pare de fumar

Era realmente mágica essa mestra. A Mister Ed se despediu da Shirley e não via a hora de sair correndo pra Belgrano. Chegou no Bairro Chinês e foi só perguntar a um barroco parado na primeira esquina e já conseguiu o endereço certinho sem palavras, era ele próprio que distribuía folhetos pra mestra Lung Yang.
Quando entrou naquela biboca toda pintada de vermelho, cheia de lampadonas douradas e aqueles fiozinhos, a Mister Ed se assustou, achou que a qualquer momento iam sair por tudo que é lado a família inteira dos Kung Fu, até primos distantes, e já se imaginou sendo cortada em fatias. Magra do jeito que tava, não daria nem duzentos gramas. Mas não. Pra sua surpresa, apareceu a mestra vestindo um quimono de seda turquesa e fez uma reverência amável pra ela, a Mister Ed imitando o movimento em resposta. Conversaram, nunca soube como. Foram até um pequeno quarto e tudo se deu rapidinho e sem embaraços, botou em cada orelha quinze sementes de sabe-se lá que porra era aquela, tampou elas com um papel quase invisível, pagou trinta arôs e

saiu com um sorrisão de orelha a orelha. Tava curada, pelo menos a alma, pra começo de conversa. Passou pelas barracas da Belgrano antes de voltar pra casa e respirou fundo caminhando contra o vento, como se fosse o Caetano, um dos seus ídolos musicais.

O tempo foi passando. Mas a Mister Ed começou a se sentir cada vez pior, indo ver a mestra várias vezes pra renovar as sementes. Ela prometia melhoras sem nem sequer saber por que a Mister Ed tinha ido lá. No médico ela não voltou. Essas sementes iam ser a salvação. Era questão de tempo. Se tinham salvado a Angie, por que não ela? A Mister Ed sempre teve uma saúde de cavalo.

As amigas achavam que ela estava estranha e um pouco aérea, mas a gata ficou na dela e continuou indo pra batalha igual; quando perguntaram das sementes na orelha, ela deu o truque do problema no fígado pelo excesso de otim. Não perguntaram mais nada.

Veio a Semana Santa e todas planejaram o feriado prolongado em Tucumán, menos a Mister Ed. Não tinha ninguém que ela quisesse voltar a ver, ficaria em Buenos Aires sozinha e tranquila com o apartamento inteirinho pra ela, pra pensar na vida.

Quando as amigas partiram, ela fechou a porta e respirou fundo. Estava depressiva. Apesar das esperanças que tinha depositado nessas merdas de semente, nada estava mudando, mas ela não queria aceitar a terrível derrota. Era a última ficha que tinha e não cogitava abandonar o jogo sem vitória, sem pelo menos tentar. Ia tomar um banho de imersão. Depois sairia pra espairecer. Tirou a roupa, olhou o corpo no espelho do quarto e as manchas que já tinham virado rotina deprimiram ela ainda mais. Abriu a torneira e esperou encher a banheira. Quando estava cheia, entrou. Lembrou da única advertência que a mestra chinesa tinha feito:

— Nunca molhar sementes... enrola orelha com toalha ou algo assim... mas nunca... nunca deixar que molhar...

Tava que se foda. Nesse momento se deu conta da enorme estupidez dela. Do cinismo. Da negação. Do seu comportamento suicida. A partir de amanhã ia mudar tudo. Tudo. Guanto sempre. Médico. Remédios. Alguma coisa ela precisava fazer antes que fosse tarde demais.

Afundou a cabeça na água e fez bolhinhas igual quando entrava no rio, em Tucumán, se divertindo com os irmãos e os primos, em épocas que tudo era motivo de felicidade.

Sentiu algo estranho na orelha. Encostou o dedo. Um pequeno brotinho saía de debaixo desse papel quase invisível que tampava a semente. Deu risada. Lembrou desses potinhos idiotas de germinação que faziam ela cultivar no colégio. Tava que se foda se nascesse um umbuzeiro na orelha dela. Mergulhou feliz outra vez.

Segunda de manhã chegaram as demais habitantes do apartamento e encontraram o porteiro do prédio indignado e com cara de poucos amigos, esperando-as no portão; foi pra cima delas esgoelando e com muita violência.

— Vocês vão pagar tudo... vão pagar, seus viados de merda!... Quem teve a ideia de deixar a banheira enchendo sem fechar a porra da torneira pra não secar essa merda de planta... não entendo... o apartamento sem ninguém... enchendo de água... água saindo pra fora, pra baixo, pela escada... não entendo...

Os viados ficaram se olhando sem entender patavina. Subiram correndo. A porta tinha sido arrombada, nas paredes e no chão uma trepadeira ocupava quase todos os centímetros quadrados do apartamento. As coisas da Mister Ed tavam no lugar... as chaves dentro... toda a roupa dela... o aqüé... os documentos... as janelas fechadas... tudo em silêncio... a Mister Ed não tava, ninguém tinha visto ela sair em momento algum. Ninguém nunca soube o que houve, a família cagou e andou.

Os viados resolveram os B.O.s com a imobiliária e mudaram pra outro canto. Praquele apartamento mudou um casal recém-casado, sério e bem estabelecido, e no prédio todo mundo mais que satisfeito.

Na banheira... uma gota que o chuveiro soltava... regava sem querer... um pequeno brotinho que estava nascendo.

Empapuçada

Às vezes transpirava demais. Acordava toda molhada e corria pra cozinha de forma desesperada, remexia nos frascos lá no alto da despensa e abria os potes disfarçados de farinha, onde ficavam dúzias de jujubas. Ninguém sabia onde ficavam. Vivia sozinha. Uma amiga, a Néstor, remexendo um dia a despensa dela pra preparar o ajeum, abriu o pote secreto e catou a situação. Tinha de todo tipo. Todos os coquetéis misturados. Quando a Angie saiu do banheiro, a Néstor olhou bem pra ela com os olhos abertos iguais dois ovos fritos.

— Mona... a senhora tá... tá com a tia e não me falou nada.

Essa noite choraram juntas. Contaram uma pra outra a triste coincidência que ambas, sem saber, tinham ocultado. Contaram tudo. Os medos. Os rancores. As dores antigas e as novas. Angie contou como fazia pra dar a elza nas jujubas. Eram de amigas que tavam com a tia e deixavam os comprimidos perto dela dando sopa, de conhecidos de reuniões de autoajuda que ela frequentava não mais que uma ou duas vezes, algumas de médicos que a atendiam nas crises e começavam a medicá-la até que ela, exausta, dava no pé. Chegava em casa e misturava elas todas, umas com as outras.

A Angie e a Néstor terminaram de comer e de se confessar e se mandaram pra um cinemão atrás de uma trepada. Era a única coisa que as mantinha, um pouco que fosse, distantes da amargura.

A Angie nunca tinha levado a tia a sério, jurava que nenhum vírus seria besta a ponto de devorar um troço de carne tão podríssimo como o dela. Então, apesar de não se cuidar, quando tinha esses ataques solitários de desespero, buscava logo esse pote e mandava pra dentro todas as jujubas que não tinha tomado no devido momento. Se fossem duas semanas atrasadas desde o último ataque, engolia cinco, dez de uma vez, ou quantas conseguisse, quantas a garganta desse conta. Até que ficasse tranquila e voltasse pra cama esperando os calafrios, a febre alta e o medo passarem. Acordava novinha em folha. Zero bala.

A Angie estava sozinha. Os pais e os irmãos tinham se livrado dela como se fosse um monstro que manchasse o sobrenome da família. Quando a viam, vinha neles um sentimento tão babadeiro de culpa que só dava pra suportar com a devida distância. A Angie. A noite ajudava ela a ficar viva. Os poucos carinhos, ou pelo menos os que ela imaginava receber quando um ocó pegava ela de jeito dentro do carro ali no bairro Bajo Flores e enchia ela de beijos até gozar, pra em seguida deixar ela lá igual a tinha encontrado. Cada vez mais sozinha e mais puta e mais dada.

Um dia passou um bofe de bicicleta onde ela fazia ponto. Um bofe desses que parecem miragem. E quem é mesmo puta sabe que droga assim é da boa. Ninguém que aprecia um bom macho falaria não, ainda que fareje perigo. A Angie deu em cima dele no truque e o bofe parou. Foram a um motel que ela mesma pagou, nota por nota. Ele fez amor com ela igual um animal no cio. Beijou na boca sem frescura e disse pra ela as coisas mais lindas que existiam. As mais lindas. As que nem parecem poesia. A Angie soube na hora que não esqueceria dele jamé.

Quando o bofe gozou, ficou em pé e começou a se arrumar. A Angie, fazendo a linha Alice e se achando num comercial de Doriana, tentou fazer ele mudar de ideia e ficar. O bofe olhou pra ela com nojo e ela notou nos olhos dele uma coisa que até então não tinha percebido. De pé e sem deixar de se vestir, o bofe falou secamente:

— Passa a grana, viado, passa a grana...

Ela não entendeu nada. Não era pra ser assim... Ficou em silêncio, se enrolou no lençol e esticou a mão até o criado-mudo pra pegar a bolsa. O bofe deu uma voadora no queixo dela, que foi parar do outro lado da cama, estirada no tapete. Do jeito que deu, se cobriu, mas o animal foi pra cima dela distribuindo chutes sem nem ver onde. A Angie se retorcia de dor igual uma víbora.

O bofe se mandou com a bolsa. Ela levantou e não se reconheceu ao passar na frente do espelho. Parecia a Rainha Chouriça. Roxa e inchada em todo lugar que olhasse. A hemorragia do nariz se misturava com a do olho, olho que ela nem sabia mais se tinha porque quase não via nada. Tomou coragem e saiu seminua com a cara enrolada no lençol. Não teve problema pra sair do motel. O recepcionista, acostumado com esses fuzuês, não dizia nada e, se fosse pra fazer alguma coisa, ia é chamar a polícia. A Angie não queria isso. Parou um táxi que a levou pra casa sem perguntar qual tinha sido o babado.

Chegou, foi no banheiro, olhou no espelho fixamente e chorou. Chorou até doer o peito mais que o roxo dos olhos e o resto do corpo. Saiu atrás do pote na cozinha. Foi um custo engolir absolutamente todas as jujubas porque ela engasgava com o choro que não dava sossego um instante. Acabou de engolir. Voltou pra frente do espelho e continuou chorando mais do que antes. De repente já não conseguia se enxergar no reflexo na parede, o inchaço era tanto que as pálpebras tinham se apoderado dos olhos, tudo esquentando e latejando de forma insuportável. Ficou cega, ou pelo menos achou que tava. Continuou na frente do espelho e disse:

— Viu só, tia filha da puta... viu só, tia filha da puta que não me tombou... agora vou foder você e me matar antes...

E mexeu no espelho até conseguir tirá-lo parede, quebrando no chão. Caiu. Ficou se revirando nos vidros cortantes, dando risada.

À tardinha no outro dia, a Néstor encontrou ela toda ensanguentada, sorrindo e sem roupa, no chão. A casa tava uma imundície. E a Néstor pensou:

— Agora cê me fodeu, filha da puta... me mata cê ter ido antes.

Camarada Kaposi

Certa vez, no meio de um delírio, ela comentou comigo, com fervorosa paixão, da relação secreta que mantinha com um tal camarada Kaposi numa guerra mundial que sequer existiu. Ela, vítima de uma hábil sedução uniformizada, se deixou cair nos braços dele, frágil e sem perguntas.

Eram de lados diferentes. Ainda que as diferenças sempre escondam assombrosas semelhanças.

Enredada pela demência, ela começou a tecer essa história no momento em que soube que o sarcoma de Kaposi estava disposto a vencê-la. Nessa relação amorosa, tentaria convencer o camarada a ser benevolente com ela, ainda que seu poder de convencimento não surtisse efeito.

Essa tarde falou mais que de costume. Estava relaxada e tranquila. Tinha passado por períodos bem uó de dor e depressão, mas agora, em vez disso, a maldita fazia ela transitar por um mundo de fantasia que acalmava a dura realidade ao redor. Às vezes, só às vezes, se sentia a Alice no país das maravilhas.

Selva era minha amiga. Minha única verdadeira amiga. Travesti barroca, soube me orientar e me salvar de pencas de problemas quando cheguei do interior ainda quase eréia. Mas a história não é minha, e nem sei direito se isso é mesmo uma história. Só lembro de fatos desconexos que vêm até a minha memória.

Lembro dela agora, sentada a meu lado, me olhando com olhos de mãe e contando histórias das calçadas de Buenos Aires, quando ela virou dona da noite portenha.

Alta, um belo porte, nunca teve que esperar horrores pra bater uma porta, ainda que fossem épocas muito mais perigosas e desgraçadas que essa. Os alibãs passavam levando os vermelhos, os viados.... pensa o que não teriam feito com ela, se se dessem conta. Foi salva mais de uma vez pela aparência toda mapozada e a roupa sexy mas séria.

Quando catou que tava com a tia, quebrou a casa inteira com uma energia impressionante. Era muito feminina, mas essa vez conseguiu trazer pra luz o lado ocó que ela tinha lutado pra ocultar toda a vida. Quando se deu por vencida, caiu no chão e, de cócoras, cobriu o rosto com um choro sufocado e profundo, que se arrastou até altas horas da madrugada. Quando vi que ela já tinha botado pra fora essa energia toda, cheguei perto com um chá bem forte, do jeito que ela gostava, na chaleira de porcelana cor de damasco da sua bisa. Tudo o que eu sabia da família dela era que a vovó costumava tomar chá nessa chaleira; eu tinha aprendido há um tempão que do que ninguém fala não se pergunta. Me olhou com doçura, fez sinais pra eu sentar ali perto e acariciou a minha cabeça.

— Eu amava a minha bisa... agora... logo logo vou poder ver ela outra vez...

Já tinha se entregado. Ela sabia disso melhor que ninguém e tava na intenção de ir adiante, dissessem o que dissessem. Se cuidar era absurdo pra ela. O que a levou a esse ponto foi justo a falta de cuidado e ela acreditava do fundo da alma que o que acontecia era merecidíssimo. De qualquer forma, a morte tinha sim que ser mais agradável que a vida; mais que um castigo pavoroso, às vezes a bicha dava a entender que bater as botas seria igual a um prêmio.

— Nunca se viu ninguém voltar de lá insatisfeito... — dizia ela — e na vida... quem que tá satisfeito?

Em vez disso, a peregrinação dela pela Terra tinha sido uma morte longa e lenta.

Tive que me acostumar a vê-la morrendo aos poucos. Ela se consumindo. Sem queixa alguma. Em poucos meses, o amado camarada Kaposi foi envolvendo-a numa dança tenebrosa. Fez ela se convencer, acabou com suas forças. Não tinha imóveis, nem filhos, nem família... só a força da gravidade mantinha ela presa na Terra.

Bem mais que a bicha eu sofria. Duvidava do meu poder de enfrentar sozinha o mundo e sentia vergonha por ela conseguir bater de frente com a morte dessa forma.

Partir... por que partir... assim... eu ligava pra ela, estar com ela me fazia bem, mas eu acabei entendendo que se a bicha tava nem aí pra nada, como que eu ia querer forçá-la a viver só pela minha covardia?

Só aceitou ser levada ao hospital Muñiz quando já não era capaz nem de compreender o que se passava. E aí, quando tomei a decisão, foi porque a cabeça nem acompanhava ela mais, como se tivesse mandado embora com antecedência qualquer sinal de racionalidade. Quase não me reconhecia, senão nos raros momentos em que chamava pelo meu nome e me olhava profundamente igual uma eréia órfã, agarrando desesperada a minha mão pra depois se perder a falar sozinha e sem nexo.

— Camarada Kaposi... querido camarada...

Nesse dia, a tarde estava linda. Era o comecinho da primavera. Juntei as coisas preferidas dela e subimos na ambulância. Ela, perdida, o sorriso lembrando uma careta. Eu, com uma bolsa pequena e, na outra mão, a chaleira da vovó. Não tinha muito o que fazer... era como uma criancinha.

Até uns poucos meses atrás a gente costumava ficar ainda naquela, meio xoxando, meio falando sério, aí ela do nada vinha com detalhes minuciosos dos tais encontros com o camarada Kaposi, tudo sem as famílias saberem e com avisos de bombardeio duma guerra distante. Mas, mesmo tendo se livrado de tantas bombas, dessa vez a gente sabia que não tinha como escapar, não importa o que ela fizesse. Tinha se aliado com o inimigo igual muitas vezes a gente se alia com o amor, na esperança de se salvar dessa solidão que sozinhos não temos forças pra bater de frente. E de repente ela me pedia um espelho e olhava com atenção pras manchas que iam cobrindo lentamente cada centímetro do seu corpo.

Lembro do dia que a bicha foi surpreendida pela primeira mancha no rosto. Os olhos dela encheram de lágrimas e ela xoxou, rindo:

— Sempre gostei de estampa animal... tinham só que ser marrom as manchinhas, e não vermelhas... aí iam pensar que eu tava virando um leopardo, mulher, é ou não é?

Tinha essa habilidade maravilhosa de achar no meio da crise um sorriso. Tava valendo. A xoxação às vezes é a forma mais inteligente de adaptação diante da dor inadiável.

Ia se cuidar pra quê... pra quê... se não tinha feito isso antes. Se nunca tinha dado a mínima.

Ficou sabendo por acaso, numa operação de apêndice que teve que fazer com urgência por conta das dores babadeiras. Tinha vivido a vida numa velocidade alucinada, mas diante da dor se agarrava a mim com uma imensa covardia. Quem não faria o mesmo? Quando já estava melhor, fui visitá-la. O médico, ao ver que eu era a única presença humana ao redor dela, pediu pra falar comigo. E aí despejou de uma vez um balde de água fria com a voz tranquila dele.

Que que eu ia fazer? Como dizer pra ela? Sim, nem era eu quem estava com a tia, mas me sentia condenada à morte depois de abraçada por essa tristeza uó. Nem precisei dizer nada. Quando entrei no quarto, com determinação e alegria ela falou:

— Me leva pra casa, mona...

Eu tava entendendo nada, mas obedeci. Assim começou tudo. Assim começou uma vida diferente na casa dela, só nós duas. Pra Selva, a gente era em três... eu... o camarada Kaposi... e ela. Eu ia trabalhar e, quando voltava, lá tava ela abraçada com o amado camarada sem fazer nada pra ele sumir.

Lembro até do dia em que ela pediu pra eu escrever aquela carta. A carta eu tenho. Levo comigo na bolsa, não importa onde eu vá:

Querido camarada:
Não vá embora. Vamos deixar que a vida arraste a gente juntos, independente do que aconteça. O amor pra mim sempre foi uma mentira de estranhos que faziam de tudo pra me convencer a acreditar na existência dele. Nos seus braços eu entendi que a vida sem você não faz sentido. E que a vida e a morte têm estranhas semelhanças. Não me deixe sozinha, não me deixe. Atravessando esse sofrimento profundo, pelo menos sinto que estou viva. Querido camarada... sei que nem a sua família nem a minha estão de acordo. Não interessa. Esse amor é pra sempre, como o de Romeu e de Julieta, e, igual aconteceu com eles, a morte vai pegar a gente de surpresa, mas sei que nos seus braços vai ser mais linda que a vida, vai ser mais leve.

No hospital, quase não queria sair. Exceto uma vez, quando me pediu pra ver os pássaros na calçada. Os pássaros. Falava sempre deles, como se os conhecesse. No paredão do Muñiz, os murais enfeitados com pássaros pintados eram pra ela uma beleza única. Acariciando a parede com a mãozinha delicada, ela olhou pra mim com lágrimas nos olhos e disse:

— Um dia vão voar... e nesse dia eu vou voar com eles... até o céu... ou então... eu enterro as minhas asas nas profundezas do inferno. Já tá tarde. Me leva pra dentro. Tou cansada. Se o camarada vier, a gente foge daqui. Hoje... sim, hoje... não fala nada... tou pressentindo... shh... me leva pra dentro.

Deixei ela dormindo. Fui pra casa trocar de roupa e dormir um pouco, fazia dias que eu não batalhava e o aqüé, nossa, eu tava tendo que fazer mágica. Na manhã seguinte, o ar estava pesado. A umidade de Buenos Aires apertava a minha cabeça. Como me atrasei, fui de táxi. Quando olhei a calçada do hospital, vi uns pintores pintando os paredões de branco. Por quê?... Aquilo não tava certo... entrei correndo e Selva já não tava na cama. Sem conseguir conter as lágrimas, vi o doutor se aproximando; ele falou bem sério:

— Não sei... não sei o que te dizer... a gente tá esperando ela... Tão dizendo... dizendo que veio um homem de madrugada... vestido de uniforme preto. Ninguém sabe mais nada. Ela não tá aqui... a gente não sabe o que aconteceu mas...

Sorri e fiquei quieta. Pus minha mão docemente sobre os lábios do doutor e fiz ele parar de falar.

— Não tem importância, ela vai ficar bem... disso eu tenho certeza.

IV
EM LOOP

No seas tan cruel
No busques más pretextos
No seas tan cruel
Siempre seremos prófugos los dos.

No tenemos dónde ir
Somos como un área devastada
Carreteras sin sentido
Religiones sin motivo
Como podremos sobrevivir.

Soda Estereo
Prófugos

Verborragia um
(Sem pontuação como penso velocidade Koh-i-noor)

Buenos Aires tá me agredindo o calor me mata ah o calor não especificamente a umidade o corpo fica todo grudento fico incomodada com a maquiagem sem a maquiagem com salto sem salto pelada vestida se tiro a roupa quando passo pelo espelho me irrito prefiro morrer de calor em vez de ser obrigada a me ver e assumir que a minha pele tá virando uma massa branca e fofa de torresminho e ainda por cima o ventilador velho que eu tenho dá uma aliviada mas só quando tou deitada não dá pra andar com um ventilador na cabeça ou pendurado diante da cara ou como um sidecar do ladinho seria pavorosamente ridículo e eu sei que sou ridícula mas tudo tem limite uma coisa é dizerem pra mim traveco de merda ou puta mas outra coisa é eu virar a doida do ventilador portátil ou não é e se eu deito e ligo o ventilador velho esse que eu falei fico mal porque olho pro teto e tenho certeza que vai cair em cima de mim o teto se mexe vem abaixo me esmaga se eu me distraio e fico de ladinho pra ler sem olhar pra cima então fico de boca pra cima e vigio igual a noite boca pra cima que fico lendo muitas vezes muitas vezes então como eu tava dizendo se eu deito o calor é menor mas a angústia ao contrário por ficar quieta quieta na cama e a cabeça dispara a imaginar coisas e me deixa angustiada e o meu peito aperta e penso que é câncer de pulmão porque eu fumo pencas e compro maço de dez pra fumar menos mas acabam rapidinho e saio desesperada atrás de outro de dez porque dessa vez vai dar mas daí não dá porque vou controlando e acabam outra vez e torno a sair e quando já tá tarde é ainda mais difícil encontrar um lugar aberto durante a semana então o calor da noite me esmaga e continuo indo atrás e o meu peito aperta de novo e volto a pensar no câncer mas fico pior e quando o desespero cresce começa a travar a garganta e não dá pra respirar aí penso que é câncer de garganta igual outro dia um amigo me disse num aniversário que fui e ele me viu fumando igual chaminé o maloqueiro tinha acabado de sair da cadeia desembestou a falar que sim eu tinha que me cuidar mona se cuida aí tá te fodendo isso o pessoal que morreu não conta tem câncer de garganta câncer de pulmão câncer de mama câncer de sei lá que porra ele tava dizendo e eu só fumando e fumando a cinza pendurada e olhando pro nada com o ouvido entupido porque eu solto muita cera e eles entopem e faço a pêssega que escuto menos e todo viado é surdo e não tem melhor surdo do que aquele que não quer ouvir e o câncer de garganta o outro tava me descrevendo e eu seguia fumando e eu olhei pra ele e joguei fumaça na cara dele e disse com nojo fecha a matraca ô seu filha da puta que a gente tá num aniversário agora joguei fumaça em você tomara que morra você de câncer porque o fumante passivo também morre e é pior porque morre sem nem ter fumado tramoia do destino pregando peça então fecha a matraca e eu ia tomando champanhe porque só tinha champanhe Norton e eu queria breja porque sou zica e queria um bofe que me agradasse e era aniversário de uns viados e tava legal mas faltava o bofe e faltava a cerveja e champanhe me faz mal porque com as bolhinhas é isso e se eu fico agressiva tenho que pegar um táxi e vazar antes de quebrar a garrafa do Norton na cabeça de alguém e já tava olhando ele com desejos e peguei um pãozinho com ovo e mandei ele inteiro pra dentro e a garganta entupiu e tomei um gole do Norton e entrou líquido no meu nariz e aí tive que cuspir e saiu pra fora ranho e corri pro banheiro e tinha alguém dentro e desesperada com o ranho bati na porta e quem abriu foi outro amigo viado que faz cinema e me deixou passar e ele ria igual besta olhando a meleca dependurada no meu nariz e tirei o ranho com a mão e passei ele na boca e ele ria e eu ria da cara dele e ele me falou mas é uma filha da puta cê é foda hem louca de pedra lava isso aí ô e tirou uma trouxinha de padê de cinquenta arôs e pediu pra eu estender a mão e fez uma carreirinha na minha unha postiça negra longa que parece até a pata de um porco e dei um plá babado e fiquei melhor mas o meu peito tava apertando mais e falei já deu tem querosene essa porra que assim fica mais barato e ele dizia uó quer mais e me dava e eu mandava ver e ele também e a gente saiu pro salão e tavam escutando uma música estúpida dessas de dançar louca igual bicha retardada bagaceira que vai na Amerika tipo cê esquecendo tudo e de boas e eu quis dar no pé então falei tchau pra quem tava perto e fui pro elevador a mente todinha naquela cena do Cinquenta Tons eu fazendo a linha virgem com o Christian Grey ele puxando assim de ladinho a minha calcinha porque imagina a gata sem nada por baixo igual a mapô lá só a tromba crescendo afe aí saí nesse modelo quase na rua Lavalle que essa hora da madrugada era podre e tomei um táxi e não dei um pio porque os taxistas querem ficar falando não importa o que e aí eu fiz linda a linha surda sonsa porque tenho curso com o Wolf Maia porque sou atriz e ainda um outro com a Célia Helena de improvisação que é esplêndida fora o do Zé Celso que eu amo e cheguei num apartamento no bairro Once que tinham emprestado pra mim e fiquei peladinha fugindo de espelhos e me joguei na cama em cima de um lençol cafona de leopardo barato que mais do que um leopardo parecia um gato morto amassetado pelo tempo e fiquei olhando pro teto colocada porque tava viajando além disso e eu puta com o cheiro de querosene e aí não tinha mais e isso me deixava ainda mais puta e tasquei um Lexotan pra dar uma baixada e esquecer o teto e acho que acabei dormindo porque acordei depois no outro dia de tarde e o teto tava quietinho quietinho quietinho quietinho.

Coitada

Já não sabia o que fazer da vida, se é que a essa altura dava pra chamar aquilo de vida. Com trinta e cinco anos a rua não me dava muito, batendo calçada ao lado das mais jovens seminuas entupidas de próteses e de industrial, elas nem aí pra nada.

A noite estava fria e úmida, com essa umidade de Buenos Aires que deixa até a calcinha grudenta. Era uma noite uó, não tinha feito um arôzinho que fosse e tava podre. Deve ser a tia que deixa a gente assim podre, dizia a minha amiga Mayra, tia que fica lutando pra sair, esgota a gente e, quando chega a hora, aí já não tem o que fazer.

Talvez ela tivesse razão. Mas, de qualquer forma, eu nunca pensei em fazer nada mesmo... no fim das contas, eu achava que morrer jovem salvava a gente de uma velhice implacável e dessa deterioração babadeira. Então com tia ou sem tia, eu ia ter que dar meus pulos. Com o pouco que tinha na bolsa — que eu fingia ser uma Chanel fajuta de mão —, pensei em tomar um táxi e fiz sinal pra ele parar. Entrei e fiquei em silêncio, catando de quando em quando as olhadelas furtivas do taxista. Podia ter feito uma gulosa nele, mas era um barroco com cara de corvo ressecado, o olhar doentio e pervertido... achei melhor ficar na minha. Não, não queria dar esse gostinho pra ele mesmo eu tando com uma fome do cão, certeza que ele queria é liberar o edi, são quase sempre assim, a primeira coisa que querem é pegar na neca e aí, quando tão com ela na mão, viram mais putas que as gatas.

Cheguei rapidinho em casa e muda, como se tivesse perdido a língua num oral. Subi a escada do hotel e vi que a vizinha de baixo tava tentando mandar embora um ocó bebaço.

A Angie também era travesti, mas mais profissional

e um pouco mais barroca, dessas que faziam o diabo pra não deixar faltar o ajeum. Sempre dizia que os ocós pra ela eram um quilo de pão... um maço de oxanã... ou um bom par de sapatos, mas independente de quem fosse ia ter que servir pra alguma coisa.

Dava pra ver que ela já tinha conseguido o que queria, porque mandava ele embora sem preocupação alguma, como se o ocó fosse um tolete de nena. Ajeitando o apeti que escapulia do sutiã, a mona pediu pra eu fazer o favor de abrir a porta pra ele e saiu desembestada pro quarto, a calcinha enterrada no senhor edi que ela tinha, todo esburacado e cheio de manchas causadas pelo vício de juventude dela, o silicone industrial.

Falando engrolado, o ocó pediu pra eu comê-lo. Transpirava otim e tinha ainda por cima mandado ver no padê. O queixo parecia dançando em cima de uma fileira de rolamentos. Subi com ele mesmo assim. Eu não tinha um puto e sentia o diabo tomando conta de mim, vontade de fazer com aquele ser indefeso tudo que me desse na telha. Sem dúvidas a tia tava me possuindo. Os bêbados e os colocados de padê são as vítimas preferidas dela porque caem toda vez, facinho, facinho.

Entrou no quarto e já foi ficando de quatro, abrindo o edizão que a Angie tinha acabado de usar. A gata tinha deixado ele com um tesão babado. Padê deixa eles loucos e, nisso de não gozarem, eles vão mergulhando num caminho de vício sem volta nem fim. Olhei pro buraco daquele edi e fiquei didê na hora, aí fui pra cima e meti nele até o fundo, puxando ele pelo cabelo numa atitude doentia e bem de ocó.

— Enche meu cu de leitinho — ele dizia. — Vai, enche.

Peguei ele pelo cabelo e puxei a cabeça pra trás pra cuspir na cara dele. Excitada e fora de mim, em poucos minutos gozei dentro e tirei de repente de lá, esguichando porra. Não tinha colocado guanto, coisa rara, porque quase nunca eu fazia isso. Me pagou dez arôs. Joguei a roupa na cara do lixo e, com ele ainda se vestindo, botei ele na rua.

Fiquei sozinha e indefesa, com aquele cheirão de cheque pelo quarto e pelo meu corpo. Não desci pra tomar banho no banheiro compartilhado, tava com frio e na verdade esse cheiro atiçava o diabo dentro de mim, meio lembrando o sabor da minha presa. Tirei a roupa e me joguei na cama exausta. Olhei pro teto cravando a vista nas manchas de umidade.

— É a tia que deixa a gente assim podre — dizia a minha amiga Mayra.

E eu pensei antes de adormecer:

— É a tia que me deixa assim podre... e como eu tou toda podre... ela quis se mudar pra um corpo novo.

Adônis

Mariano era bem convencional. Consultor imobiliário. Trinta e cinco anos. Perfumado até o último fio de cabelo. Terno impecável. Sapatos tão lustrosos que, juro, a hora que a gata quisesse, dava pra ela usar perfeitamente pra passar batom. Filho único de um militar aposentado, autoritário e obsessivo com a ordem e a moral e de uma mãe ausente dentro de casa, mas bastante presente em shoppings e farmácias, onde comprava seu arsenal de remedinhos.

Tinha uma noiva fazia oito anos. Pensava em casar e ter filhos criados na casa que o pai prometeu dar só se ele contraísse esse ansiado matrimônio. Dois filhos estavam programados, uma menina, Lucia, e um rapaz, Marcelino.

Não fazia ideia de que vida não se programa, porque ela pode dar umas rasteiras babado sem cê tá esperando e dá pra sair bem machucado disso... ferido de morte, no pior dos casos.

Me conheceu na internet, quando eu publicava na seção de travestis da gemidos.com.ar. Uma página de putaria de todo tipo, uma produção e orgulho nacionais. Por apenas cinquenta arôs, dava pra postar os peitos, o edi, a neca ou a racha, de acordo com o que a gata quisesse vender.

Eu tava indo bem, e ficou ainda melhor quando conheci o Mariano, porque com o tempo e a confiança ele alugou pra mim um apartamento de quatro cômodos em Palermo pra eu ficar só esperando ele duas vezes na semana. Nem quinta nem sábado nem domingo. Esses eram pra noiva e pra família. Pra mim era indiferente; ainda que achasse ele simpático e agradável, não sentia quase nada pelo ocó, daí eu precisar fazer a linha atriz profissional pra ele acreditar no contrário.

O dia que ele veio com essa conversinha podre eu não disse que não, mas queria ter dito... era meu protetor e se portava muito bem comigo, eu tinha que fazer os gostos dele. Eu era dotada, tinha uma neca de vinte dois centímetros por cinco, o que fazia meu cachê aumentar pencas a hora de tirar a roupa. Os ocós se matavam de cavalgar fazendo a Lady Godiva em seus tempos áureos. Quando tirava ela já didê da calcinha, Mariano se excitava horrores, virando uma vagabunda completa assim que pegava nela. Ele punha na boca e engolia ela inteira, batendo punheta igual louco até gozar uns minutos depois. Aí dava uma relaxada esperando o segundo round. Esse dia me contou uma historinha que me deixou meia com nojo. Tava pelado na cama olhando eu pôr a calcinha e falou:

— Nunca fez com cachorro?

Com cachorro?... Tá doidão, eu pensei. Eu era cria da favela e cachorros pra mim eram só pets... no máximo, segundo uns rumores, tinha quem cozinhasse os coitados... agora, transar com cachorro? Mariano com certeza tinha entendido literalmente isso dos doguinhos serem melhor amigo do homem. Olhei pra ele sem conseguir disfarçar a cara de espanto e falei:

— Olha, ok que por grana a gente faça quase qualquer coisa... já fui pra cama com coisas bem parecidas com animais... mas cachorro não tem carteira e eu sinto zero tesão se não me pagam... é assim que as coisas são.

Ele riu. E continuou insistindo:

— Não, não... quem ia pagar sou eu... mas... não pra você transar com o cachorro... Queria que... queria que você desse uma ajudinha pra ele me comer... uma puta que eu tinha antes dava essa ajudinha com o dela e era cada carcada que ele me dava que não vou esquecer nunca... aí achei que... achei que talvez se eu fosse te guiando com o cachorro... eu trazia ele aqui e... a gente mandava ver.

Tinha ficado louco. Seu Dogue Alemão chamava Adônis, e catei porque ele falava com tanta devoção do cachorro. Era isso... não era um simples pet... era o amante dele e só agora eu tinha sacado... não só com a noiva tava me chifrando... mas também com um... com um cachorro!... Sorri e cheguei perto da cama, olhei os móveis, o aparelho de som, o televisor de várias polegadas, o DVD... Óbvio que eu ia dar a ajudinha, igual ele me dava... Que que podia acontecer?... no máximo, de puta eu passava a ganhar a vida como passeadora de cães.

— Tá bom, bebê... não precisa fazer drama... traz ele aqui...

E de tão contente que tava, ele agachou, tirou minha neca da calcinha e sentou em cima cavalgando igual um porco.

Essa tardinha eu não tava com vontade de fazer nada a não ser me jogar na cama e ficar vendo TV, mas o dever chamava e a noite ia ser babadeira. Não sabia se esperava ele já com a janta e comprava um pacote de Royal Canin pro cachorro... ah, não... ele que tratasse disso, devia saber certinho como cuidar daquele quadrúpede seu amante de longa data.

Tocou a campainha como sempre, três toques e depois mais dois... nossa senha pra eu não ter que abrir pra alguém indesejável. Quando abri a porta, ele trazia o Adônis preso e sorridente, como se o bichão soubesse o que aconteceria. Olhei pra ele e não falei nada, só tasquei um beijo na boca dele... do Mariano... não do cachorro, lógico.

Entraram os dois e o doguinho começou a zanzar pelo apartamento igual fazem todos, mijando no território pra se sentirem donos. Fomos pro quarto e ele me explicou como ia funcionar. Tinha que enfaixar as patas dele e colocar focinheira, senão vai que ele endoida e dá uma merda federal. E como se não fosse o bastante, explicou também que eu tinha que prestar atenção pra não deixar entrar o bulbo. Bulbo? Esse bicho era o que, uma mistura de tulipa com cachorro?... Catando a minha cara de susto, ele explicou que o bulbo era o que fazia os cachorros ficarem enganchados e que isso não era pra acontecer quando um ser humano é quem tava levando a carcada. Ninguém com hábitos desse tipo ia querer parar na UTI pra ser desenganchado e menos ainda que a família saísse correndo atrás com um balde d'água, igual fazem quando os coitados dos pets estão no cio.

Tudo ficou esclarecido e, mesmo eu não gostando da ideia, chegou o momento. Depois de enfaixar o Adônis e pôr a focinheira, pediu pra eu segurar o doguinho que já tava pra lá de didê. Mariano então tirou a roupa e passou gelzinho com sabor no buraquinho do edi, ficou de quatro na cama a postos e pediu pra eu soltar o bichão. Soltei e o Adônis, já sabendo o que precisava fazer, montou em cima dele sem mais rodeios. Eu olhava abismada... Mariano se esbaldando, gemendo igual louco... eu não queria saber de mais nada, o estômago revirava dentro de mim e tive que correr pro banheiro. Ele gritou:

— Você tem que ficar! Fica, sozinho eu não dou conta!

Quando estava vomitando no banheiro, escutei um grito e não era de prazer. Corri pro quarto e vi. O Adônis, mais desesperado que antes e com as faixas desatadas, socando sem dó enquanto bufava e babava... Mariano gritava igual louco, mas com gritos desesperados de dor... vi sangue... tinha pavor de sangue... não aguentava nem ver... muito sangue ensopando os lençóis... fiquei louca... não entendia o que estava acontecendo... era coisa demais pra minha cabeça e, sem pensar duas vezes, peguei a bolsa e me mandei.

Fui dormir num hotel assustada e sem saber o que fazer. Não fechei o olho a noite toda. Queria saber o que houve... precisava saber. Quando consegui me acalmar um pouco, saí pra rua. Já era a tarde do dia seguinte... me enfiei num orelhão. Buenos Aires estava úmida e com essa chuva fina que te deixa ensopada pela insistência com que vai caindo. Tirei da bolsa o celular e busquei o número que Mariano tinha me dado pra emergências, pra onde eu só devia ligar, a princípio, em momentos como esse. As mãos estavam suando. Minhas pálpebras tremiam. Atendeu um barroco que disse ser porteiro do edifício onde Mariano tinha um escritório. Falou de forma solene... disse que a imobiliária estava fechada por luto. Por luto? E com a confiança que se dão os porteiros, como se autorizados por Deus a conduzir os destinos, disse:

— Não fala nada, tá... mas o filho do dono... meio estranho o rapaz... parece... parece que ele ficou sangrando até morrer enganchado num cachorro...

Deus. Meu Deus... Senti como se a coluna tivesse levado uma chicotada certeira destroçando a minha medula... Se eu tivesse ficado...

Desliguei nervosa. O coração galopava dentro de mim. O choro sufocado fez o delineado escorrer, tingindo a minha cara com uma sombra negra... Deus do céu... Que que eu tinha feito? A voz de Mariano ressoou na minha cabeça me deixando louca.

— Você tem que ficar! Fica, sozinho eu não dou conta!

La vida te dá sorpresas, sorpresas te dá la vida

Como todo dia, desci a escada do hotel em que morava sapateando feliz e satisfeita, esperando a vida me presentear com alguma surpresa. Sendo travesti, a vida te surpreende seja pro bem, seja pro mal a cada passo, a cada toc-toc do salto.

A tarde estava linda. Buenos Aires tinha deixado de ser esse poço úmido profundo de calor insuportável e grudento e uma brisa fresca passou a soprar nas minhas bochechas. Tava indo me enfurnar numa lan house na caça de indivíduos tesudos a fim de um pouco de sexo em troca de um aqüezinho. Dava resultado, tinha cada vez mais ocós buscando o combo belo par de peitos feitos com silicone industrial e uma neca odara. Quando tava a caminho da rua Chacabuco pela México cruzei, na metade da quadra, com uma velhinha que sempre punham numa cadeira na calçada pra ela respirar ar fresco: fumaça de busão, buzinação dos carros e aquele desfile de traficantes e cracudos.

Devia estar perto dos cem anos, considerando o estado estético dela. O marido, menos arruinado mas com um Parkinson babado, deixava ela na cadeira e saía pra putear um tempão. Depois, por fofoca das véias do bairro, fiquei sabendo que o barroco tinha umas amantes jovens que depenavam sua carteira e o único agrado que faziam era bater uma pra ele, que uó. A velhinha, toda vez que eu passava, me cumprimentava com carinho e dizia coisas lindas pra mim. Esse dia, quando a beijei, senti um cheiro de imundície velha que eu nunca tinha notado e, a hora que fui pra lan house, fiquei pensando nesse barroco de merda que não era capaz nem de ajudar a esposa a se limpar. Peguei raiva do punheteiro por esse desprezo. Encarnei a cuidadora e decidi que, se ele não ia tomar conta, eu, pelo menos uma vez por semana, ia deixar ela novinha em folha. Quando voltei da lan house pro hotel, ela continuava sentadinha lá, cara de perdida ou talvez de enjoada pelo cheirão de nena. Pensei que se tava cheirando assim por fora... Cheguei perto e falei com carinho:

— Não quer uma ajudinha pra eu te dar um banho? Tá cheirando um pouquinho forte, posso tingir seu cabelo, cortar as unhas, pôr um perfuminho e deixar você novinha em folha... que acha, gatona?

Ela me olhou com os olhinhos brilhando e fez carinho no meu rosto dizendo que sim com a cabeça. No que a gente estava se ajeitando pra dar início às atividades, chegou o barroco tremendo como vara verde. Olhei pra ele com raiva e mandei a real:

— Escuta aqui, ela é sua esposa ou não é sua esposa? Não dá pra você deixar ela imunda assim...

Ele me olhou com desprezo e respondeu:

— Ô viado, deixa de encher a porra do saco e não te mete.

Dava pra ver que o Parkinson não fazia a voz dele tremer na hora de ser mal-educado. Dei um beijo na senhorinha prendendo a respiração e fui pra casa. Ele ia ver como é que essa pobre mulher ia ficar, barroco de merda.

Me dei o trabalho de ficar discretamente de butuca até o barroco botar a esposa na porta de casa. Sabia que esse cacura porco ia sair pra putear com alguma mapô, ou seja, eu teria tempo pra dar um banho nela sem problemas. Comprei sabão, xampu, condicionador, comprei tintura, esmalte de unhas, umas coisinhas de maquiagem e, assim que vi o barroco vazando, fui atrás da senhorinha.

A gente entrou e a casa tava com um cheirão rançoso que era de matar, móveis velhos, pó de vários anos, um desfile de baratas, pilhas de talheres, copos, pratos...

A casa por fora era imponente, mas dentro era como se tivesse sido bombardeada por um avião. Levei ela pro quarto e comecei a tirar sua roupa, prendendo a respiração o quanto eu conseguia porque o cheiro que ela exalava a cada nova peça que eu tirava fazia o meu nariz arder. Não dava pra acreditar como tinha chegado nesse ponto, pobre senhorinha. A pele toda rachada, repleta de calos, ressecada até a medula. Cheguei na calçola e deu um medinho de tirar. Os peitinhos dela estavam secos, coroados por dois pequenos mamilos igual uvas passas de Natal. Era só pelanca, um esqueleto que escapou da cova, e eu sentia nojo e pena. Me preparei psicologicamente pra tirar a calçola e já botar ela na banheira, que estava enchendo de água quentinha e limpa. Ela olhou pra mim e, segurando as minhas mãos, fez que não com a cabeça. Eu olhei pra ela com carinho, dando a entender que era pro bem dela, não precisava ter vergonha. Ficou nervosa e continuou dizendo que não com a cabeça; de qualquer forma, consegui tirar porque eu tinha mais força.

Quando terminei de tirar essa calçola toda mijada e cagada, o que estava no meio das pernas dela apareceu pra mim e tive que me afastar um pouco para ver melhor o que eu, com cara de horror e surpresa, achava que estava vendo. Ela tinha no meio das pernas flácidas uma nequinha enrugada de cabeça vermelha, tipo a de cachorro, e pendurados embaixo, enrugados e secos, os dois ovos. Ela cobriu o rosto e logo cobriu o membro, com cara de vergonha. Fiquei atordoada e saí correndo sem saber o que fazer, sem conseguir dar banho na pobre senhorinha.

Cheguei em casa, entrei no banheiro, molhei o rosto e fiquei pensando. Não queria ficar velha sem conseguir tomar banho sozinha e ter que passar por isso, preferia que um piedoso tiro de misericórdia abreviasse meu sofrimento.

Fiz um esforço sobre-humano e pensei que, se eu não queria que isso acontecesse comigo, a melhor coisa que eu podia fazer era ajudar a senhorinha, deixar ela linda pra que a vida pelo menos nesse dia sorrisse pra ela. Resolvida e decidida, parecendo possuída pela alma nobre da madre Teresa de Calcutá, saí pra rua no maior gás e entrei outra vez nessa casa pra terminar da melhor forma possível o que eu tinha começado. Quando tudo estava pronto, escolhi a melhor cadeira da casa e tirei pela porta, botei-a sentadinha, perfumada e bem vestida, como se tivesse se arrumado pra ver passar o desfile babadeiro e ancestral da Avenida de Mayo. Comprei pra ela na lojinha da esquina uma revista Cláudia e sentei do seu lado no chão. Ela olhou pra mim com um gesto doce e agradecido e me deu de presente um sorriso caloroso, como os raios de sol que acariciavam suavemente a pele branquinha do rosto dela.

    Lembrei de quando desci a escada pronta para receber uma surpresa da vida... e cantarolei aquela velha canção que não sabia de quem era...

    La vida te dá sorpresas... sorpresas te dá la vida!... la vida larailararilá la vida te da surpresas!...

Consolo caseiro

Aquela noite foi planejada em detalhes por mim e por uma amiga. Eu tinha um aqüézinho sobrando e, como dinheiro na minha mão sumia, o roteiro ia ser babadeiro.

Primeiro, jantar num self-service à vontade chamado Quórum, que fica logo atrás do Congresso. Um lugar onde você se mata de comer de tudo e os cozinheiros e garçons ainda se desmancham em gentilezas. Quando fui atrás de umas deliciosas massas recheadas que estavam cozinhando à vista do público, me atendeu um macho parrudinho do bairro com um sorriso lindo.

— Que massa você prefere? — ele perguntou gentilmente.

— Quero raviólis de vegetais — respondi, fazendo a linha garota.

— Ótimo — e começou a remexer a frigideira, a peneira e os raviólis.

Tava pensando na possibilidade de algum dia ele vir lá em casa dar essa remexida, quando ele olhou pra mim e disse:

— Gosta da massa al dente?

Eu óbvio que continuei o ping-pong erótico.

— Ah, se eu gosto... mas, ó, vê se não põe demais, que eu sou garota e não sei se aguento isso tudo de massa.

Abriu um sorrisão sensual e um fio de baba pareceu ter caído no prato, mas não, era ilusão de ótica. Pediu meu telefone entre uma remexida e outra e voltei pra mesa. Quando o bofe-chef se decidisse, ele ia me chamar e eu ia fazer ele provar o meu prato principal. Isso era garantido.

A gente comeu-bebeu-comeu-bebeu-comeu-bebeu e saiu de lá satisfeita direto pra um teatro que ficava na esquina, pra ver um espetáculo do Muscari com muito apeti muita sapa muita racha a bicharada toda e a gente se divertindo pencas. O fim da noite estava longe, pelo menos pra mim. Minha amiga, quase que vomitando depois dessa comilança babado, decidiu abandonar o barco, não indo dançar. Eu era infinitamente mais comilona que ela, então fui navegando solitária no táxi a caminho da Angels, balada que fica na rua Viamonte com a Uriburú, palácio das bichas mais bregas de Buenos Aires.

Quando cheguei na esquina da boate, que era sempre boca-de-se-fuder, cumprimentei a gata (dona dum mercadinho onde a gente se reunia) e mais umas bichas conhecidas lá. Queria barbarizar no otim e depois bora balada atrás de alguém pra barbarizar com o meu edi, olha só a sobremesa indicada para fechar essa noite com chave de ouro.

Uma hora senti um olhar perfurando a minha nuca... girei e vi um ocó de uns trinta e cinco anos — muito elegante ele, de calça social, camisa branca, sapatos lustrados e uma carona disfarçada de pervertido — que me chamou fazendo um sinal. Eu tinha gastado horrores mas sobrava ainda o suficiente na bolsa pra mais otim e uns papelotes de padê. Queria já entrar pra dançar, dar uns tiros e ficar colocadérrima, mas o destino queria outra coisa e, como antes de mais nada eu era uma trabalhadora dedicada, não deu pra resistir a essa peça que ele me pregou. O cara de paisagem ofereceu setenta arôs pra eu pegar um pernoite com ele no motel e ainda por cima tava com vários papelotes de padê no bolso. Gritei bingo ainda que um pouco bolada, porque miava a minha festa, mas pensei comigo "certeza que ele vai gozar rápido" e aí eu liquidava a fatura antes da balada acabar. Errei feio os cálculos.

A gente chegou no motel, a duas quadras de lá, e se meteu rapidinho no quarto que liberaram. Ele era calado, quase mudo até essa hora, ou melhor, isso é o que eu tava achando até me dar conta da chapação dele, já que tinha dado uns tiros sozinho antes de me encontrar lá naquela esquina. O zé droguinha, perdidão, tirou além disso todos os papelotes que tinha, coisa de uns dez, e botou no criado-mudo. Olhou pra mim e pediu pra eu tirar a roupa, enquanto ele ia tirando a dele e armava umas carreirinhas pra dar uma levantada. Cavalheiro que era, preparou logo duas, cheirando uma delas e me oferecendo a outra. Eu olhei pra ele e falei:

— Calminha lá... cê gosta o quê? Porque se eu cheiro, não funciona, aí não vou deixar cê nem encostar em mim. Diz o que que cê tá a fim e a gente vê.

— Quero que você me foda igual uma putinha — me disse.

Passada fiquei, e olhei outra vez essa carinha dele de cafuçu. Então tá. Antes que eu me desse conta, ele já tinha passado a mão no meu salto e tava ali calçando... eu por sorte calço trinta e nove, mas ele tinha pé de jogador de basquete, no mínimo um quarenta e três. Seja como for, isso não fez ele mudar de ideia e lá foi ele tentando caminhar de um lado pro outro do quarto, capengando igual coxo que pede esmola no metrô. Voltei a olhar pra ele e tava patético, mas um segundo depois pensei por que eu não tentava me divertir com a situação. Tirei a calcinha.

— Não quer pôr essa também, putinho?

Nem precisei dizer mais nada, pegou ela da minha mão e enfiou-a no rabo o mais fundo que conseguia. Ali de calcinha, saltão e com os bagos escapando pra fora, era uma mistura bizarra de Luma de Oliveira e Ted Boy Marino. Falei que ele tava andando tudo errado e que desse jeito nunca ia poder ser uma putinha e ele, emocionado, respondeu:

— Me ensina.

Começaram então as aulas de passarela, como se eu fosse a Gisele Bündchen no auge. Um dois... um dois... um dois... movimento dos quadris.

Enquanto isso, entre um giro e outro, cada um dava um teco no padê. A gente desfilava igual loucas pelo quarto ida e volta, ida e volta, ida e volta. Me joguei na cama pra dar outro tirinho de boa e a nova top model se mandou pro banheiro. Esses banheiros uó que odeio, o chuveiro não tem porta e o box é de vidro semitransparente. Vi ele pegando uma toalha de rosto e abrindo a torneira do chuveiro. Me chamou e falou pra eu pegar uma toalha e mergulhá-la na água e aí, assim que ficasse ensopada, torcer. Eu, sem catar é nada, fiz do jeito que ele falou sei lá por que e ele se jogou na cama pra dar mais um tiro. Do meio da confusão dos lençóis ele me chamou parecendo a Vênus de Urbino.

— Agora traz.

Eu fiz o que ele dizia imaginando que ele ia querer ser golpeado com a toalha. Mas não. Era mais fora da caixinha ainda.

— Tem algum negócio longo na bolsa... um desodorante... qualquer coisa...?

Eu às vezes tinha de tudo na bolsa, maquiagem, calcinha extra, guanto, xampu, condicionador etc. etc., mas nada assim longo. Passou a mão na minha bolsa, pegou o rímel de sobrancelhas e fez cara de felicidade.

— Isso!

Eu tava catando ainda menos. Pegou a toalha, desdobrou em cima da cama, começou a enrolar de comprido. Quando ficou igual um longo chouriço, pegou o delineador e colocou no meinho pra servir de estaca, daí dobrou uma ponta até a metade e depois a outra, me pediu dois guantos, deixou o chouriço firme, pôs um guanto de um lado, deixando o látex bem esticado, e outro do outro e depois mais um de cada lado. Quando vi a obra acabada me dei conta, era um consolo caseiro que com certeza ia querer que eu metesse no edi dele. Pegou um papelote novo, fez mais duas carreirinhas em cima do criado-mudo e falou pra eu ir primeiro. Eu vi o consolo de toalha em cima da cama, olhei pra ele e cheirei as duas carreirinhas de uma vez, uma em cada buraco.

Tinha que fazer alguma coisa pra suportar esse babado.

— Safadinha, hem, morena... — ele disse sorrindo e ficou de quatro com o edi aberto.

— Agora põe tudo!

Tive que fazer como ele queria e seguir com a performance pra deixá-lo satisfeito. Engoliu tudo. Se esbaldava e gemia e se retorcia de prazer, e quando dei um tapão no edi ele gozou feito uma cadela. Tirou o chouriço de toalha do edi, preparou uma carreirinha, me deu um papelote que tava sobrando, cem pesos e começou a se vestir em silêncio.

— Bora? — me disse, olhando o nariz no espelho.

Assenti com a cabeça, me vesti, dei um tapa na maquiagem e peguei as minhas coisas. A gente saiu sem dizer uma palavra. Essas horas os machos em geral viram presas do silêncio do arrependimento, deixando de dar ouvido à voz do edi pra escutar a da consciência.

O ar fresquinho levou embora um pouco da colocação. O povo saía da balada, que já estava fechando as portas. Passou um táxi, fiz sinal, subi e pelo espelho um boy morenão olhou pra mim com uma bela cara de macho:

— Vamos pra onde, morena?

Vamos? Fiquei pensando... e sim... vamos... mas antes, por via das dúvidas, esclareci uma coisinha que não sei se ele catou.

— Hm... pra casa... em San Telmo... mas... olha, se você tiver que tomar banho, aí toalha eu não vou ter...

— Tranquilo, gata... tou limpinho... pronto pra te comer como nunca comeram.

Respirei fundo, estiquei a mão lá na frente, fiz um carinho no malão que tava já endurecendo e me esparramei toda iludida no banco.

Deus castiga mas não mata, falei baixinho. Isso era tão verdadeiro!

Crônica do homem bola

Estava zanzando por aí num dia bem comunzinho. Um dia em que eu não tava atrás de quinhentas necas me comendo a cada microssegundo pra saciar o meu instinto canibal. Eu tava tipo uma observadora do universo. Na expectativa. Percorrendo com esses meus olhos exageradamente delineados de preto o habitat. O entorno. Cada detalhe ínfimo que me rodeava.

Devido a esse estado tão reflexivo e profundo, rumei pro cine pornô do bairro Once, que já era mais um clube pra jogar bocha do que um lugar eroticamente interessante. Tinha de tudo, como numa biboca, e para todos.

Quando fui pegar o bilhete de entrada, um homem de um metro e oitenta, mais ou menos, grandão de porte, batia boca com o lanterninha e iam devolver o aqüé da entrada dele desde que vazasse o mais rápido possível. Parece que tinha nenado no assento da entrada ou, segundo disseram, já tinha vindo com o edi nenado da rua e, no que sentou, deixou as marcas anais do crime no mobiliário da entrada da sala.

Isso era cuzonice pura, já que era nessa poltrona pra três que as bichas ficavam papeando animadamente caso a noite deixasse a gente sem a possibilidade nem de uma esfregadinha erótica. Ou quando alguma homossexuélen rabuda acabava de se esbaldar com um delicioso e suculento pedação de carne e vinha depositar o edi arregaçado dela em cima desse nada fofo banco de corino rachado de cor escura. Além de feio o banco, agora ainda emanava esse futum tenebroso de viado que não conseguiu se conter.

Mas tava na cara que isso aí não era a única coisa que ia surpreender as bichas, era só um malcheiroso detalhe sem importância, nada mais que as boas vindas babado desse encardido recinto pornográfico que nos abrigava.

Na telona não estavam exatamente Ella Fitzgerald e Louis Armstrong. No lugar deles, um dúndi com um necão odara, exageradamente grosso e divinamente comprido, apelidado de MANDINGO, escangalhava o edi rosado e arregaçado de uma loirinha a cara da Monique Evans, mas melhor maquiada. Que neca era aquela!... Com os olhões esbugalhados igual se ela estivesse me devorando inteira, fiquei ali pensando que, se Deus existe ou existisse, ele teria dado uma idêntica pra mim ou a mim, mas esse dia eu tava diferente e afastei meu olhar da telona. Não queria neca... não sei... queria... queria só bater papo. Papo e cafuné... isso é o que a bicha queria.

A gente ia e vinha de um lado pro outro tentando montar em algum poderoso falo, mas tudo em vão. Como quase sempre, o cine tava cheio de bicha cacura que só conseguiu subir a escada na base da força de vontade e apesar do Parkinson.

— Já já a gente tá igual — falei pra uma que criticava um barroco todo estropiado que subia um degrau a cada vinte minutos.

— Mona... se você vê eu subindo com essa idade, estropiada desse jeito, cê por favor me empurra da escada, assim eu paro com essa palhaçada.

Fiquei rindo e me dei conta que, ainda que a gente fosse nesse lugar pra foder igual cadela, lá também tinha muito de clube social. Entre uma neca e outra a gente papeava, tomava cerveja e às vezes até falava de política, de educação ou do que viesse.

Do nada, no meio de um papo quente sobre um tema besta sei lá qual, a gente escutou uns gritos da entrada e a cabecinha de todo mundo despontou na escada pra gente se inteirar do bafão. Um ocó de cadeira de rodas com o tronco pequeno coroado por dois grossos cotocos discutia com o lanterninha pra deixarem ele entrar e o empregado, no papel de responsável pelo espaço, explicava que era impossível em função do local não contar com acomodações necessárias pra oferecer a ele uma estadia satisfatória. Em suma, esse local não respeitava quase nenhuma norma de segurança, logo sequer possuía saída de emergência ou controles sanitários, quanto mais rampa pro coitado do indigente aleijado ávido por uma punhetinha.

Todo mundo ali de butuca observando o bafão e o que rolou depois deixou a gente mudinha da silva. O ajeijado se jogou de repente no chão feito uma grande bola humana e, com uma rapidez inimaginável, começou a subir a escada de costas, arrastando a anca desnuda que sua calça imunda mal dava conta de cobrir. Anca repleta de calos que ele ia arrastando degrau por degrau. Em questão de segundos passou diante dos nossos pés o fantástico e veloz homem bola e desapareceu na sala silenciosa e escura. A gente ficou passada com a surpresa. Bege. Não sabia se ria ou se chorava e uma olhava a outra atrás de um olhar que dissesse que aquilo que a gente tinha visto era equê. Vieram gritos da sala. Gritos desesperados e um choro vindo do escuro. O bilheteiro subiu correndo e, antes que chegasse até a sala, a bola humana, a tarântula de bigode e barba, saiu choramingando olhando pra gente com olhos embriagados pela dor e desespero, se arrastando empurrado pelos musculosos braços curtinhos que ele tinha.

— Pisaram em mim... esses bichas filhos da puta pisaram em mim! — disse o ocó bola sem parar de choramingar.

— Olha só o que eu falei... eu falei... no escuro não iam te ver e era perigoso, não era tiração, falei que ia acontecer — disse o bilheteiro igual mãe que põe na cabeça que vai salvar a gente dos riscos da vida, ainda que todo mundo saiba que isso é impossível.

Pediram pra subir a cadeira de rodas e uns viados com alma de bombeiro voluntário se encarregaram disso por piedade. Subiram ele na cadeira, levaram ele pra baixo e uns minutos depois o homem bola saiu a zanzar pela cidade como se não tivesse acontecido nada.

Olhei pra bicha do meu lado, olhei meus pés e prometi que não ia reclamar de patavina nunquinha mais, mesmo sabendo que a reclamação ia voltar a dar as caras. Levantei o meu corpo com a força das minhas belas pernocas me sentindo a Marlene Dietrich e entrei na sala com o único objetivo de encontrar uma neca gostosa cheia de leite quentinho... leite gostoso, quentinho leite... pra fazer um brinde.

Uma rata morta

A Rata era babado de tão feia, magra, esquelética, sem forma definida, sem edi nem peito, uma travesti deformada de picumã longo, fino e castanho, igual uma indígena imunda. O nariz dela, extremamente grande e curvado, destoava em relação à cara esticada e ao queixo fino e saliente. Sempre vestida igual, a calça jeans elástica que ela usava, encardida pelos anos de rua, dava nojo, e a blusa xadrez dela, sem manga, fazia a gente querer vomitar.

Pras bichas ela virou Rata já na primeira vez que entrou no cine pornô. A gente sabia que ela batalhava pelo cine Liniers e chamavam ela de Mosquito pelo nariz pontudo, mas pras de cá era mais a cara de uma rata podre. No Liniers, as mais barrocas tinham botado ela pra correr porque pegava o trabalho delas. Era inacreditável que um viado tão, mas tão feio pegasse o macho de alguém. Nesse cine pulguento, cheio de goteira quando chovia e com um cheirão de mofo que acabava com qualquer tesão, elas brigavam não só pelas poucas necas que entravam, como também pelas carteiras, que conseguiam ser ainda mais raras que as necas, na verdade. A Rata era jovem e, entre viados barrocos, a idade tem bem mais poder que a beleza, sem contar que no escurinho e de picumã comprido, esse viado acabava por virar rainha.

No cine Central que a gente fazia, tinha bem mais necas, mas deixamos a bicha batalhar lá antes de mais nada por ser pavorosa. Que que ela ia conseguir tirar da gente com essa cara de bruxa, de rata morta? Quem diria que as coisas não seriam bem assim.

O dia que a Prazeres chegou contando da Rata ter pego uma neca que ela viu primeiro, eu não conseguia acreditar. Certeza que a Prazeres tava inventando e só veio contar porque ficou obcecada nela. E, como eu era a mais antiga de lá, cabia a mim decidir quem ficava dentro e quem fora. A sabedoria popular deu pra mim o nome de Furadeira, porque os supostos machões que vinham ali atrás da gente caíam rendidos aos meus pés a hora que olhavam no meio das minhas pernas. Não tinha um único edi de maricona vagando na escuridão das poltronas que não tivesse sentido dentro a minha picanha, e eu adorava empalar aqueles edis mesmo que gritassem pra eu não meter ela inteira. Quem quer acha e, se tavam querendo, agora aguentem. Na paulada é que eu ia fidelizando os clientes e vinham atrás de mim como se eu fosse a própria Sônia Braga no auge.

Eles é que fizeram eu virar ativa. Quando comecei a me travestir, não deixava tocarem em mim por nada. Em busca do homem da minha vida, dava só o rabinho e fingia ser uma preciosa racha, mas com o tempo entendi que, se eu queria trabalhar com isso, não tinha escapatória senão mudar os meus hábitos sexuais, porque a primeira coisa que os ocós queriam era pegar na neca, não importa como ela fosse.

A Rata eu fui deixando, achava engraçado ela ser tão feia e sempre que podia eu xoxava com ela pra ela se sentir ainda mais podre. E, apesar do que a Prazeres contou, continuei deixando ela lá, até que eu cansasse de ver essa cara de viado feio desdentado dando rolês.

Uma madrugada que quase ninguém tinha sobrado e as bichas, sentadas nas poltronas da entrada da sala, tavam só olhando umas pras outras e tomando cerveja, entrou um bofe escândalo com pinta de jogador de rugby de uns vinte anos, cabelo meio comprido, calça jogging e camiseta justinha marcando o peito e o abdômen. Me deixou louca e eu soube na hora que ele ia ser meu, não importava como. Amava ocós de jogging sem cueca e esse aí, pelo malão e o edi empinadinho marcando, certeza que tava sem nada embaixo da calça. Torcia fervorosamente pra ele ter vindo da academia, porque não tinha coisa que me deixava mais no cio que cheirão de suor de macho pra eu limpar com a língua.

    A Rata tava num canto com a cara de viado idiota dela e eu a vi catando o bofe pelo cantinho do olho como se eu não tivesse percebido e, quando me descuidei indo jogar no lixo a lata vazia de cerveja, ela escafedeu pra sala do jeito que era: como uma rata escorregadia e traiçoeira. Fiquei louca e olhei pra Prazeres, que sem abrir a boca me deu a entender que desde o princípio ela tinha razão e eu que não acreditei nela. Deu uma piscadinha pra mim e disse, em tom de condenação:

— Traz ela aqui.

    Levantei devagar, arrumei a blusa e entrei na sala já saboreando a cena que viria. Pelo picumã é que eu imaginei pegar a bicha, se ela tivesse ousado encostar no meu novo bofe, esse mesmo picumã ensebado que não ia sobrar um fio na cabeça. Primeiro percorri de cima a baixo a sala heterossexual. Não dava pra ver nada direito porque, como eu tinha passado um tempão fora, os olhos tinham se desacostumado com a falta de luz e precisavam de uns minutos até se adaptar novamente ao escuro. Mas era questão de paciência, rapidinho eu ia percorrer aquela zona vendo cada detalhe igual um gato morto de fome. Não encontrei. Rata asquerosa do esgoto. Certeza que tava escondida, a cachorra, porque sabia o que ia vir pra cima dela. Subi pra sala gay na qual eu nunca ia, instalada onde antigamente tinham sido os palcos, e comecei a procura... nada... tavam só umas cacuras sendo arrombadas por sabe-se lá quem que nem tinham visto a cara. Não era possível! Essa rata suja devia estar em algum lugar se deliciando com a minha presa! Nisso ouvi uma respiração ofegante e olhei pra um canto afastado, onde um reflexo de luz iluminava um dos edis mais belos que já vi na vida, ele indo e vindo com a calça jogging abaixada e o peitoral nu sem camisa. Um legítimo cavalo, um garanhão de primeira. Cheguei perto em silêncio e vi a Rata suja, de joelhos, se arrastando no chão e levando fundo aquela neca odara, branca e veiúda, uma neca perfeita bombando na sua boca sedenta, fazendo ela engasgar. O bofe de olho fechado gemia de prazer, certeza que pela maciez da gengiva desse viado feio que tinha só um dente sobrando naquela fuça. Peguei ela com raiva pelo picu e ergui a cabeça, ela me olhando com cara de terror. O bofe deve ter percebido o que vinha por aí, já que subiu a calça e, na hora que saiu vazado, a camiseta caiu e nem voltou pra buscar. Botei ela de pé com um puxão e a égua falou:

— Viado, o picu não!

— Viado, o picu não! O picu não! Que engraçadinha ela! Cê vai ver só, rata de merda! Melhor não dar um pio que o babado vai ser lá fora!

Caladinha, ela se deixou arrastar pelo picumã até lá embaixo e saí bem onde a Prazeres me esperava com um sorriso de orelha a orelha. Eu vi a cara de satisfação dela, mas não tinha catado direito o motivo daquele sorrisão até que ela fez um sinal pra mim. A cachorra tinha perguntado pro gordo da entrada se por acaso ele não tinha uma tesoura pra emprestar e o gordo babão, sempre muito atencioso pra compensar os favores sexuais que ele às vezes pedia, arranjou uma na maior pressa. Quando a Prazeres foi tirando da bolsa e me mostrou, fiquei imensamente feliz, sabia que esse era o pior castigo pra um viado feio e traiçoeiro que escondia a feiúra babado dele embaixo desse picumã ensebado fazendo a linha modelo. Peguei e esmaguei a cara dela na parede pra que comesse um pouquinho de cimento com os dentes que nem tinha:

— Hora de aprender quem que cê pode chupar e quem não, ô viado de merda!... Quem vai querer essa égua careca? Vão achar que quem tá chupando é o professor Xavier!...

A Prazeres, sorrindo satisfeita, me passou a tesoura e mostrei à Rata pra ela sofrer. Com uma cara de terror, me olhou implorando piedade, como se eu fosse mudar de ideia. No que eu me dei conta de que o viado feio tava escapulindo das minhas mãos, fiz sinal pra Prazeres, que fechou o bico dela com um socão certeiro, aí peguei ela mais forte pelo picu, fiz um rabo de cavalo rapidinho e meti a tesourada rente. Soltei o viado e ele caiu no chão chorando e limpando o sangue do nariz enquanto ameaçava a gente de ir pra polícia assim que saísse de lá. Depois levantou, olhou pra gente com ódio, esticou a mão pra pegar de mim o rabo de cavalo e eu fiz que não com a cabeça.

Não tinha sobrado quase ninguém no cine e os que sobraram tavam lá dentro trepando sem se distrair com mais nada, um bando de cacura bagaceira que, depois que achava uma neca, o mundo podia explodir que iam tá lá pedindo apenas pra ela socar sem dó. A doida varrida com cara de ódio tentou outra vez pegar de mim o rabo de cavalo e, não conseguindo, cuspiu na minha cara e saiu correndo na direção da escada. A Rata chegou a pôr o pé no primeiro degrau, mas a Prazeres se adiantou, deu uma porrada nela e o viado feio caiu rolando. A gente viu como ela ia girando, um corpo sem forma degrau por degrau, ninguém tentando segurar e, quando chegou no fim, quicou na parede com a cabeça e começou a tremer e a soltar uma baba branca espessa. A gente olhou pra Prazeres e catou na hora o que tinha rolado, aí descemos correndo e falamos pro ocó da bilheteria:

— Ó... um viado caiu da escada... corre lá pra ver o babado... a gente vai só comprar uma cerveja.

E lá vão as bichas cagando de rir e brincando com o picu da Rata como se fosse um novo aplique, pondo ele de diferentes formas na cabeça. Cerveja comprada na vendinha da esquina, sentamos fazendo a bonita ali na calçada. Eram os primeiros dias da primavera, o clima estava ideal, dava vontade de se apaixonar nessa época em Buenos Aires, mas se apaixonar pra valer. A gente escutou um barulho de sirene e viu uma ambulância e uma viatura correndo feito o capeta na direção do cine, enfermeiros e alibãs descendo rapidinho e tirando um corpo magro lá de dentro, a bolsa de ossos mais pavorosa que a gente já viu na vida. E ela ainda tava respirando, a filha da puta continuava viva.

    Medo a gente não teve, porque nesses lugares a imundície faz todo mundo calar o bico e guardar segredo, ainda que morram. Antes mesmo dos alibãs ou dos enfermeiros chegarem, a gente já sabia que não tinha ninguém ali capaz de mudar o destino, esse destino uó de ela ser uma rata feia...

    De qualquer modo, uma a mais ou a menos, de ratas a cidade tá cheia... muito mais do que a gente ou o resto do povo deseja. Cheirei a camiseta que o bofe tinha deixado pra trás e, guardando ela no meio dos meus peitos, fiquei com um puta tesão da égua.

Em loop

Cine Plus do bairro Once (sessão contínua). Nos domingos tinha virado costume eu ir pro cine pornô do Once dar umas trepadas, porque me fazia relaxar pra aguentar a semana. Esse domingo eu estava perto, no apê de uma amiga, e se eu ia quando estava longe, imagina quando estava a tão pouca distância. Botei o uniforme de guerreira sexual, uma calça colada preta, um sutiã com bojo de silicone e uma blusinha preta, além da fio dental também preta enfiadérrima no meu edi. Lá dentro não precisa se esforçar muito, é bastante baixo o nível estético, mas eu nunca fui de escolher muito, rá, pra mim na feiúra mais babadeira também tem beleza, só tem que saber ver e eu via ou achava que via, cega de tesão. Cheguei e fui falando "oi" porque conheço quase todos devido à minha promíscua rotina e já começou a caça, e eu falo "caça" porque, quando vou, me sinto possuída por uma atitude vampiresca, saio vestida de preto e atrás de sangue, quer dizer, na realidade os fluidos são outros, mas a atitude é essa, a de vampiro em busca de uma jugular perfeita pra saciar a fome. Fiquei como sempre na lateral das poltronas empinando o edi pra me notarem, alguns batiam bolo olhando o filme de um tal Mandingo que, sem brincadeira, era um dúndi terrível com um necão de mais de trinta centímetros duro e bem firme, uma pistolona de carne grossa que ele ia espetando em qualquer buraco arrebitado na sua direção, outros sentavam mais no truque igual cadela que tá levando chumbo do lado de alguém solitário pra chupar a jiromba dele, atrás rolavam orgias improvisadas de cacuras que davam pra quem encostasse nelas, igual quando a gente compra aquelas rifas uó na quermesse do bairro que o que importa não é o prêmio, quase sempre uma merda, o importante é só isso, alguém encostar na gente de alguma forma. A hora que eu dei por mim vi um boy que eu conhecia, lindo, branquinho, alto, fortinho, de uns vinte e cinco anos. Ocó de Misiones, ele batia bolo como louco exibindo a neca linda dele, dessas grossonas tipo um bifão de picanha que são as que mais acabam comigo de alguma forma, afe, de todas as formas. Sorriu pra mim porque me reconheceu, eu já tinha feito ele algumas vezes na boate Angels e no cine vários anos atrás, sorriu pra mim e eu pra ele, mas fui dar uma volta, fazendo a linha histérica. Um ocó grandão de uns cinquenta e dois anos, bigode largo e negro, cara de alibã, sentou do lado do boy, só que o boy nem tchum pra ele, ficou me procurando com os olhos, girando a cabeça. Minha histeria acabou ali. Fui até ele, o ocó levantou me olhando com um ódio resignado e ocupei o lugar. Me falou "oi" e disse que lembrava de mim e óbvio que respondi que eu também, ainda que eu lembrasse mais é DA COISONA DELE, pra ser sincera. Pedi aqüé pra cerveja, que sai por dois arôs na máquina do térreo, e fui. Quando voltei, o boy me olhava com um sorrisão de orelha a orelha. Sentei e ficamos papeando, ele era super legal e tinha um jeitão do interior na hora de falar que me dava um tesão fodido. Me deu um beijo na boca, peguei na neca dele, que já tava didê, e ele disse que se eu tivesse aqüé me levava pro motel, que ele lembrava como eu trepava e valia a pena. Eu disse que sim, tinha cinco arôs, aí ficava meio a meio cada, e a gente ia no motel da esquininha com a Rivadavia que cobra dez arôs a hora. Um desses que se matarem você lá ninguém nem vai se dar conta, mas esse boy eu já conhecia e ele ia me matar sim, mas de outra forma. E eu queria que ele me matasse não importa como. Falou, bom, então vamos. A gente lava a mão e vai, ele disse. Eu não lavei, tava adorando sentir o cheiro que ele deixou em mim. Saímos. Tinha chovido torrencialmente. Ficou fresco, por sorte. Tava previsto quarenta graus, mas graças a Deus que não existe a porra da previsão na TV e o rádio tinha errado outra vez, mas agora pra nossa sorte. Chegamos no motel, pagamos e deram pra gente o quarto vinte e quatro, número do VIADO. Agradeci imensamente, sempre bom ganhar um elogio desses. Falei em voz alta a hora que peguei a chave com o número e o boyzinho soltou aqui tem viado, não, eu sou espada. Ha ha ha. Mente que eu gosto. Mas essa vez o bom é que o boy era ocó mesmo, ainda que eu tenha plena noção que os que eu faço a maioria não vão pra cama com moá e sim com a doidice e o lado mais doentio reprimido deles. Todo caso, quem ia dar era eu. Sobre isso, não cabia nenhuma dúvida. A gente entrou no quarto que, pelo valor, era até dentro do aceitável. Fui pro banheiro e vesti um baby doll, o missioneiro tava merecendo. Me pegou, ficou beijando a minha boca sem parar uns vários minutos, até que eu falei COSPE EM MIM. Cuspiu em mim, me tratou como eu sonhei a vida toda que me tratassem, sendo que dessa vez precisei dar zero orientações, o oposto de como costuma ser. Fiquei passada. Era jovem demais pra saber se virar tão como eu gosto. Fui me deixando levar. Deixei ele ir fazendo. E fez as coisas perfeitas. Quando acabou, a gente bateu só um papinho, ele tinha que ir trabalhar. Falou que tava indo trabalhar suave, à noite trabalhava de vigilante e de manhã entrava numa confeitaria gourmet. Aí perguntou o que eu fazia. Falei que, entre outras coisas, eu escrevia e ele comentou ah, uma artista... E me contou que tinha sido por um tempo DJ num hotel em Foz do Iguaçu e que, junto de um mágico, tinham montado um grupo de atores de teatro negro. Acabou o papo e ele voltou a dizer que tava indo suave, que ontem tinha transado e hoje ele quis de novo, só que diferente. Diferente? É que eu trepei com a minha namorada ontem... tenho namorada agora... por isso. Não falei nada, a história se repetia, mas ele era agradável e sincero. Perguntei como é que ele fazia isso tudo na cama, já que trepava tão bem, e se com a namorada era assim igual. Falou que não e que sabia que eu gostava que fosse assim. Olhei pra ele passada e ele falou que fazia uns anos, a vez que a gente trepou, eu mesma tinha explicado e treinado ele. Aprendeu direitinho e nunca mais esqueceu que era pra fazer assim. Me senti consolada. Peguei a cara dele e dei um beijo. Catamos o que era nosso e saímos. Na rua me beijou de novo e combinamos de voltar a sair. Me senti consolada outra vez por saber que, de alguma maneira, eu não era apenas a corna da namorada do ocó... mas sim alguém que ficou marcada na memória dele.

V
CUNETE

Si al final, siempre el tiempo se va
donde caen los días.
Si al final,
abrazarse al dolor
no nos deja brillar.

Fabiana Cantilo
Nada es para siempre

Mamãe era má

Mamãe era má. Sempre má. Se esforçou pra me ensinar tanto a odiá-la quanto a me odiar e acabei aprendendo a fazer isso sentindo até um certo prazer.
Papai era bom, ou foi bom, até deixar de ser. Calado e imperturbável, se limitava a só observar o que estava acontecendo. Até que entendi que não era uma questão de bondade, mas sim um ato de covardia. Um pacto silencioso entre os dois determinou que eu seria a vítima exclusiva. E eu sofria. Era a minha função nessa casa, onde eu era filho único. E uma casa — para um filho a essa altura — é algo tão grande como todo um mundo.
Primeiro vítima da mamãe, das injustiças, dos ataques paranoicos e violentos, com ela me acusando de ter sido causador da infelicidade no casamento. Eu não tinha feito nada senão nascer, sair do ventre maldito dela.
Papai tinha guardado pra mim uma surpresa que ia transformar a minha vida e anular o mínimo de bondade que eu podia experimentar naquela triste infância. Ele começou a me tocar numa tarde quente de verão, quando eu tinha apenas quatro anos. No parque, eu sentado no colo só com um shortinho leve, estranhei o jeito que ele se mexia e que tinha algo diferente no seu olhar. O malão dele estava duro e eu não entendia bulhufas, até que ele me botou no chão e vi a calça molhada. Desde que me entendo por gente, eu fazia xixi na roupa e achei normal o que vi. Mais do que isso, fiquei feliz ao me identificar. Ele me olhou com ódio e foi pra dentro. Começava a me odiar ele também nesse DIA, ainda mais que a minha mãe, mas com a singular diferença de que ele planejava se vingar do meu nascimento de uma forma mais pessoal e carnal, uma forma que iria ganhando obsessivamente cada vez mais corpo com o tempo.

Como é que eu ia me dar conta disso? Achava que, como demonstração de amor e respeito, eu tinha que ceder a esses abusos. E a dor continuava. Profunda. Secreta. Não tinha amigos. Me mantinham praticamente preso. De casa pro colégio. E, quando chegava o momento de a gente ficar sozinho, eu tremia igual folha na árvore e sentia um desejo incontrolável de matá-lo com as minhas próprias mãos nesse exato momento, pra ele deixar de fazer isso.

Cheguei aos doze anos. Tinha problemas pra me relacionar com os outros meninos e já tinha virado a bichinha do colégio. Odiava a escola e eles me odiavam. Tudo era ódio e eu não tinha feito nada mais do que sofrer calado.

Não aguentei mais. Essa tarde mamãe chegou da casa de uma vizinha e, chorando rios, eu contei tudo pra ela. Me olhou com ódio — com mais ódio do que nunca — e falou pra eu não abrir nunca mais o bico na vida, que não era pra eu dar um pio a respeito disso, que eu era um filho da puta sem salvação:

— O demônio... ia ter sido melhor eu parir o demônio... cê tem o diabo no corpo... ah, se eu não te mato... corto sua língua fora, moleque...

Me deu um tabefe certeiro no meio da boca e machucou meu lábio. Não satisfeita, quando saí correndo pra chorar no quarto, ela veio atrás de mim... quebrou o cabo da vassoura nas minhas costas sem dó e me arrastou até a beirada da minha cama, me deixando ensanguentado no tapete. Da porta, apontou pra mim e falou em tom de condenação:

— Não é pra arredar o pé daí, seu pedaço de merda. Vai aprender a continuar mentindo.

Fechou a porta com chave, me deixou lá dentro. Alma solitária. Quieta. Em silêncio.

Não sei que horas eu dormi, mas acordei no hospital com a luz do sol, com o canto dos passarinhos que a melhor hora pra escutar era a da sesta, quando o mundo estava em silêncio. Me senti liberado. Estava sozinho enfim, não tinha medo.

Entrou o médico e fez um carinho na minha cabeça:
— Você vai ficar melhor... tem que melhorar logo pra gente saber quem fez isso com você.

Olhei pra ele com olhos carregados de lágrimas, mas guardei silêncio.

— Sua mãe te encontrou no alpendre... desmaiado... pelos golpes. Você tinha apagado.

Minha mãe me encontrou. No ventre ela me encontrou. E, desde esse DIA, me castigava, me condenava e fazia todo o possível pra eu me sentir morto. Vi que não tinha mais o que fazer. Que eu precisava fugir. Minha mãe entrou se debulhando em lágrimas, chegou perto da cama e, olhando pro médico, me abraçou apertando forte as costas, bem onde ela tinha batido. Essa noite não dormi. Peguei as minhas coisas e fugi, sem saber nem o que fazer nem pra onde ir. Nunca me encontraram porque ninguém me procurou, é claro. A coisa mudou. E eu também mudei.

Uma puta na estação de Caballito, onde eu acabei dormindo, me levou pra casa dela. Hoje ainda sinto que ela é quem foi a minha mãe. A que eu até então não tive. Em casa, a vida transcorria em paz e com muito silêncio, mas era uma mulher carinhosa e me tratava como se eu fosse um filho ou neto. Não sabia nada sobre ela e ela sobre mim. Não tinha espaço pra perguntas, era como se ela soubesse não ter nem passado nem futuro, daí cada hora vivida era uma bendita migalha que Deus lhe proporcionava para ela sofrer um pouco menos. Às vezes a gente tinha comida, às vezes não, mas ela era sempre doce e boa e eu preferia passar fome de comida em vez daquela fome desesperada da alma que em casa, ainda que eu tivesse bem cheio o estômago, me faziam passar.

Uma noite em que ela chegou com um ocó no quartinho fuleiro onde a gente dormia, fiquei num cantinho em silêncio e me excitei. Já tinha passado quase um ano.

Quando ela adormeceu, olhei o ocó pelo canto do olho e ele, com a neca didê na mão, ficou vendo eu olhar. Percebeu que eu tinha me excitado e se enfiou na bagunça de cobertores onde eu estava dormindo. Me comeu. E desde esse DIA eu soube que era isso o que eu queria... que comessem o meu cu numa mistura de prazer descontrolado e ódio imenso. A hora que acabou, senti nojo. Cada vez que enfiavam em mim eu me revirava de prazer, mas no fim... eu levantava e seguia com as minhas coisas como se nada tivesse acontecido. Nunca falamos do tema da minha homossexualidade com a Maria, mas tava na cara e, como meu pai e minha mãe tinham feito o pacto de silêncio, também fizemos o nosso.

— Você nasceu no corpo errado, meu filho... é coisa de Deus... tá? Senão quem ia querer que isso acontecesse?

Nasceu a Sandra. Quem eu sou hoje. Começar eréia ajudou babado, muitos ocós se matam pelos mais novinhos e eu aproveitava a situação. Fiz aqüé. E pude retribuir tudo o que a Maria fez por mim, ela até o dia em que morreu nunca mais tendo que se preocupar com o ajeum e os remédios. Tenho dois apartamentos. Carro. Um privado e otras cositas más. Agora o edi, por aqüé é que não tenho mais que ficar ralando, um grupo de viados jovenzinhos trabalham pra mim. A vida é um círculo sinistro...

Amanhã chego nos trinta e três, a idade de Cristo. Mas morrer pregada eu é que não vou, porque levar prego pra mim é bem o contrário... isso é o que faz eu me sentir viva.

Mas nada é gratuito na vida. A tia bateu na minha porta. Esse ódio de mim mesma que nunca sumiu foi fazendo eu me arrastar vida afora igual uma serpente promíscua que saísse picando tudo o que despertasse o desejo dela, num turbilhão desmedido de vingança. De qualquer forma, vou me defendendo com um coquetel de coragem e medicamentos. Mas tem um motivo de vingança ainda faltando e é o que me interessa.

Guardo o melhor veneno pra esse corpo, pra ver ele apodrecendo igual fez comigo, por dentro, pra vida toda. Já sei onde está. E, graças à minha fixação por cirurgia plástica, já não sou como eu era. Ele gosta. Continua doentio igual antes. Olha pra mim com olhos arregalados de luxúria sem me reconhecer. Eu faço a prostituta quando ele sai do trabalho e fico me lançando pra cima dele na esquina. Tá muito barroco. Nunca tem aqüé. Deixo ele com tesão, já não me sinto dominada nem obrigada a ser seu objeto de prazer. Olho pra ele e, quando se aproxima e cola em mim, sinto nojo. Mas amanhã... amanhã, quando sair do trabalho, ela vai assinar sua condenação à morte. Eu tou podre, ele barroco e esse corpo não dá mais conta da tia dentro de mim... Mamãe já se foi... não tem quem cuide.

Amanhã, eu sei, no entardecer, como nessas tardes de um tempão atrás em que os raios de sol traziam aquele ar doentio pro alpendre de casa.

Ele espera por mim, mas eu espero ainda mais por ele e sei que depois vai vir o nada. Bom, e daí... só quero morrer plena... mas muito plena... com o coração alegre.

CUNETE

As primeiras lembranças que me vêm à mente são de quando eu tinha uns onze anos. Sempre calado, na minha. Me esgueirando pela casa toda. Eu gostava de viver fingindo que ninguém me via e não abria a boca pra nada porque já fazia tempo que as pessoas olhavam estranho pra mim, como se pensassem:
— Esse menino é bichinha...
— Esse menino é estranho...
Por isso, por essa reação do mundo que eu não entendia e que me doía tanto, eu me calava e o silêncio me salvava de certas crueldades.

Nos domingos, eu era acordado pontualmente pelo cheiro do tempero preparado pra coroar os raviólis de espinafre que minha vó amassava. Era um cheiro agradável, me deixava feliz, eu sabia que, ao descer, a vovó ia estar na beirada do balcão, com o cabelo branco e aqueles óculos de aro grosso, fazendo o melhor que podia.

Minha avó, meus tios, meus primos, meus irmãos e meus pais, todos juntos a cada final de semana. Às vezes dando risada, às vezes chorando, às vezes com gritos e brigas, mas sempre unidos desfrutando o almoço de domingo.

No entanto, apesar de os domingos serem tão similares, um deles foi diferente e marcou a minha vida. Um domingo que, se eu pudesse, voltaria a reviver mil outras vezes.

Levantei e fui até a cozinha correndo dar um beijo na minha vó. Do lado dela estava um homem que eu não conhecia. Me explicaram que era o namorado da tia Silvia e que, como estavam pra casar, ele tinha vindo com ela pra família toda o conhecer — e, lógico, pra olharem ele intrigados, como se estivessem fazendo uma radiografia em busca dos seus defeitos. As opiniões, divididas:

— Lindo menino... educado, amável... trabalha com quê? É separado-solteiro-casado? — minha vó perguntava pra tia Dora enquanto amassava os raviólis.

— Os homens são todos iguais, todos uns miseráveis, ficam brincando com as moças como se elas fossem só um buraco sem sentimentos — garantia a tia Elsa, sentada na beirada da mesa, com as pernas cruzadas, pintando as unhas com um marrom cor de merda. Solteira e amargurada, ela fazia umas caras cinzentas igual dos dias que anunciam temporal.

Os homens no pátio, sentados, fumando e espetando petiscos nos pratinhos com o mesmo palitinho que depois usavam na boca pra tirar os restos da carne do domingo. Machos falando de futebol e garotas e pedindo aos berros que as mulheres buscassem o sal ou a maionese ou qualquer outra coisa, parafusados na cadeira. Meu pai, lógico, na cabeceira.

Eu, do lado da minha vó, quase embaixo das saias dela. Escutando o falatório entre as minhas tias e ela, que pareciam obcecadas com o novo namorado da tia Silvia. A vida tinha dado um novo assunto pra elas saírem da pesada rotina.

Lá em casa as crianças não metiam o bedelho, mas eu ficava pensando, coisa que ninguém podia impedir. Pensava que nunca tinha visto homem mais lindo... igual um príncipe dos contos de fada, alto, loiro, de olhos profundos e pretos. Era a primeira vez que eu sentia o rosto quente e um tremor nas pernas quando um homem se aproximava. E ainda que eu não tivesse muita noção do que era sexo, tinha vontade de dar beijos nele igual nos filmes que a minha irmã Elena via.

Sempre faltava algo na mesa, por esquecimento de alguém que nunca se assumia culpado. Algo que era preciso ir comprar correndo e eu, por ser o menorzinho, tinha que fazer esse esforço, querendo ou não.

Meu pai, lá da mesa, ia gritando e comandando o almoço como se encarnasse no corpo um Franco ou Mussolini:

— Ô, mulher! — gritava pra minha mãe — Manda o Iván ir comprar sal! Cê sabe que sem sal a comida não me desce!

Minha vó estava fazendo o príncipe da minha tia provar o molho e, quando pedi a chave pra ir atrás do sal, olhou pra mim, olhou pra ele e falou:

— Por que você não vai com o Ivanzinho, mesmo que seja só pra dar uma olhada no bairro?

A quentura e a tremedeira eram mais fortes que antes. Minha avó não sabia o que estava fazendo, mas cada DIA que passa eu agradeço mais a ela.

Quando a gente saiu pra rua, ele me olhou sorrindo e pegou na minha mão. Era a mão mais delicada que eu tinha sentido na vida. A gente ia falando de qualquer assunto, até que ele fez um pergunta maliciosa:

— E as namoradinhas, tão como?

Olhei pra ele sem conseguir articular palavra.

— Não tem namoradinha? Que coisa... os meninos da sua idade sempre têm uma namoradinha por aí.

Pra que tinham mandado ele vir? Pra me atormentar? Eu ia dizer o quê? Com a quentura que fazia meus olhos arderem subindo até a ponta da cabeça, eu falei sem saber direito o que estava fazendo, indignado e quase a ponto de chorar de vergonha:

— Eu não gosto das meninas...

Olhou docemente pra mim com seus belos olhões negros, ergueu a minha cabeça e me deu um beijo na bochecha quase encostando no lábio. Senti na hora a minha calça esportiva ser tomada por algo duro. Ele desceu os olhos e se deu conta... pegou forte na minha mão e disse:

— Não tem nada de mais... isso não é errado. Só que você não pode dizer nada pra ninguém.

As ruas eram de terra. Nos terrenos baldios o matagal reinava. Me pegou e me levou pra um deles, a gente se enfiando atrás de onde o mato era mais alto. Fez carinho no meu rosto, afrouxou a calça e tirou uma neca odara, didê e muito grossa. Eu nunca tinha visto outra que não a minha... e essa era absurdamente grande.

Como se fosse algo instintivo, agarrei ela e fiquei louco. Ele pegou a minha cabeça e falou:

— Gosta? Tem que botar na boca...

Chupei essa neca igual se ela fosse o pirulito de chocolate mais gostoso do universo. Tirou ela da minha boca e me girou... daí baixou a calça esportiva deixando à vista o meu edi branco e lisinho.

E disse fazendo carinho no meio da minha bunda:

— Que tesouro, bebê... o titio vai cuidar muito bem desse viadinho lindo.

Abriu a minha bunda, pediu pra eu agachar e começou a lamber o buraquinho do edi. Eu girava pra tentar assistir e via como ele se masturbava e gemia enlouquecido, com o membro cada vez se enchendo mais de veias.

Sem que eu soubesse direito do que se tratava, meu pipi de repente ficou muito duro e cuspiu um líquido branco e espesso, tipo um creme... Ele me girou, pegou a minha cabeça e voltou a enfiar a neca na minha boca, forçando igual louco e bufando. Senti o jorro quente e engoli sem nojo nenhum.

Subiu a minha calça como se nada tivesse acontecido, me pegou pela mão e falou:

— Não é pra dizer nada pra ninguém... você sabe como são os adultos.

Depois de casar, continuou vivendo em casa com a tia Silvia e a gente continuou escapulindo atrás de algum terreno baldio... isso quando ele não escorregava ferozmente pra minha cama na hora da sesta. Rolava de tudo e cada vez era mais prazeroso. Mas, apesar de ele me penetrar — o que era enlouquecedor —, quando ele descia e chupava o meu edi eu chegava ao orgasmo de maneira inexplicável.

Um dia acordei sobressaltado, o coração batendo como se fosse pular fora da boca. Quando me dei conta de que dia era, meu aniversário, bateu uma baita alegria. Eu tava chegando aos quinze anos e sabia que ia aproveitar bem, mesmo não tendo a valsa e o vestido longo que sonhei toda a vida. Tia Silvia vinha em todos os meus aniversários. Ia ser o meu melhor presente.

Coroando a mesa, estava o meu bolo preferido de chocolate, feito pela minha vó, e no meio uma grande vela. Fálica e branca... parecia até que sabiam.

Luzes apagadas. Sopro. Palmas e beijos.

Quando todos levantaram as taças pro brinde, a tia Silvia ficou de pé e ajeitando a sedosa cabeleira negra falou:

— Faço um brinde pelo Iván e pelos quinze anos dele... mas, além disso... além disso...

"Além disso... além disso o quê?", eu, que não conseguia evitar de odiá-la, ia me perguntando.

— Quero propor um brinde por uma grande novidade que a gente tava mantendo em segredo até que chegasse o momento adequado pra revelar a surpresa.

Todo mundo se olhando com evidente ansiedade... E, sem dó nem piedade, como se jogasse em cima de mim um balde de água fria, por fim soltou:

— Daqui a um mês a gente se muda pra Espanha! Meu amorzinho conseguiu um bom trabalho lá e juro que até agora... até agora não caiu a ficha.

Cadela. Víbora. Ratazana. Porca. Verme traiçoeiro.

Tava levando ele embora. Queria-o só pra ela.

Entre aplausos e felicitações, os olhos do príncipe cruzaram com os meus sem ninguém se dar conta.

Levantei e fui pro banheiro correndo, onde fiquei trancado sozinho lambendo as minhas dolorosas feridas.

*

Passou o tempo... e comecei a sentir que alguma coisa estranha estava acontecendo. Acordei com umas pontadas de dor no edi que tavam babado. Eu tinha crescido, ficado independente. Vivia sozinha numa biboca de hotel do bairro Belgrano. Tava toda feita mapozada e com a família longe. Media 120 de peito, 65 de cintura e 120 de edi. Uma verdadeira égua. Um demônio incontrolável. Iván tinha morrido e tava muito bem enterrado.

Levantei e fui pro banheiro. Encostei na bunda e senti um volume enorme... me assustei... fiquei em pânico. Até que entendi que as hemorroidas estavam em franca evolução e queriam pular pra fora, orgulhosas do crescimento delas. Não sabia o que fazer. Revelando habilidades de contorcionista, me joguei no chão com o edi pra cima e olhei no espelho. Tava uó. Pavoroso. Igual se uma almôndega pisoteada tivesse dependurada no meu furico. Quem ia querer encostar em mim? E a coisa era pior ainda: como que um ocó ia chupar o meu edi pra eu gozar, única forma que eu conseguia? Nem pensar em ficar de quatro exibindo isso...

— Urgente, meu Deus! Um médico!

Indo de uma porcaria de médico particular pra outro, de consultório em consultório, fiquei oito meses nessa até que marcaram a cirurgia.

— Não dói... não incomoda... não vai dar nada... não precisa ter medo... — dizia o médico.

E eu respondia:

— Tou te pedindo por Deus. O cu é o meu coração... a minha alma... minha fonte de renda.

A operação foi rápida, a internação mais ainda. Os leitos dos hospitais são muito requisitados, então... bora levantando a buzanfa, moça... hora de tirar a buzanfa da cama que tem outro precisando. Xô.

Minha amiga Celeste, uma traveca barroca que vivia de aplicar o óleo nas mais novas — quanto aqüé eu não faria se a Soya me patrocinasse!, ela dizia sempre —, cuidou de mim lá em casa como se fosse a minha vó, porque a dor tinha horas que não deixava eu nem me mexer.

Coçava. Doía. Dava pontadas.

Às vezes eu pensava que, de tanto pecar, agora eu tava sendo punida com a morte, vítima do castigo de São Edivaldo.

Edi pra cima e paciência. Mas nessas noites de repouso eu sonhava com o meu príncipe, que nunca mais vi, e queria sair correndo pra meter o edi na cara dele. Levantava ofegante e com a calcinha molhada depois de ter me esbaldado com uma dança noturna de terrenos baldios, matagais e beijos.

Noite após noite... um cunete atrás do outro.

Cunete cunete cunete cunete cunete cunete cunete cunete cunete cunete cunete cunete cunete cunete...

O pesadelo chegava ao fim. Terminei de secar o picu platinado e liso, picu batendo na bunda pra ela se destacar à noite nas calçadas igual gata no cio. Quando voltei depois de tanto tempo a subir num salto dez, deu até tontura... foi tanto chinelo de dedo que o glamour da bicha tava evaporando.

Edi novinho em folha: como o dos onze anos no terreno baldio, eu tremendo igual vara verde e ejaculando sem sequer saber que babado era aquele.

Escada, porta e rua... Depois de toda a espera, eu era capaz de pagar um barroco pra ele me ajudar a esvaziar esse tanto de leite acumulado com um bom cunete. Fosse o gari... o catador de lixo... o jornaleiro...

Uma língua lambendo a pequena rachadura que tantas vezes impediu o meu sono.

Cunete cunete cunete cunete cunete cunete cunete cunete cunete cunete cunete cunete cunete cunete.

Ficava repetindo em transe e, enquanto isso, ia acariciando o edi, que, verdade seja dita, tinha ficado escândalo.

Cheguei no meu ponto caminhando, saracoteando cheia de silicone e glamour, e gritei bingo com um sorrisão nos lábios siliconados: BMW branco... último modelo... São Edivaldo tinha se compadecido...

— O completo é quanto? — perguntou quando cheguei com os peitos na janela.

Boyzinho. Loiro... alto... magro... de profundos olhos negros...

Por um instante, achei que depois de todo esse tempo longe da rua eu tinha ficado louca e tava vivendo um sonho... era o meu príncipe... que tinha trocado o corcel negro dele por um BMW.

— A gente acerta no motel...

Sorriso de orelha a orelha. Ajeitei os peitos. Levantei a saia. Acariciei o volumão que já estava igual pedra de tão didê... uma neca odara, dura e grossa...

O hotel era digno das divas de Hollywood. Meu ato inaugural tinha que acontecer do jeito que eu merecia, numa cama de princesa com o roçar dos corpos sobre lençóis de seda. Ele pelado em cima da cama e eu olhando pra ele lá do banheiro, com a porta aberta, fazendo a linha Leila Diniz babadeira.

Pegou a carteira e em cima da mesinha de cabeceira colocou trezentos dólares... Trezentos dólares?... Quase novecentos pesos! Não dava pra acreditar!

Saí do banheiro igual uma gata atrás do mimo... o tesouro dela... o meu tão esperado orgasmo... cheguei na beirada da cama, ele fez carinho na minha perna e perguntou todo amorzinho:

— Gosta do quê? Quero te deixar louca... me ajuda... diz pra mim... vou fazer agora mesmo tudo o que você quiser.

Cunete cunete cunete cunete cunete cunete cunete cunete cunete cunete cunete cunete cunete cunete.

Essas palavras ecoavam como se a Mancha Verde estivesse cantando em coro na minha cabeça.

Subi alucinada em cima dele. Ranquei a calcinha. Abri a bunda. Pus na cara dele o meu edi e não foi preciso dizer mais nada... Era simplesmente perfeito... como se ele tivesse sido programado pra fazer isso! Eu de volta

aos meus quinze anos! Olhava de ladinho e via o matagal escondendo o nosso pecado.
— Sim, isso, vai, continua, asiiiiim, isso... issoooo... vai, paizinho... vai!
Ele gemia de prazer e a neca, cada vez mais didê, pulsava enlouquecida.
— Vai, ai, isso, isso, siiim, assim, ai, vai! — eu gemia feito louca e ele, me olhando pelo espelho, puxava o meu picu... deusa puta cadela... a Lady Godiva montada num cavalo selvagem.
— Isso, paizinho... isso, paizinho, para não... tá quase... a gata tá quase... tá vindo... cê me dá um tesão... meu príncipe... meu amor... meu sonho... — e eu fazia o meu corpo serpentear feito uma víbora.
De repente, alucinada e tomada pelo orgasmo final, percebi que a neca dele tinha tombado... murcha e caída, repousando pra um lado da perna...
— Paizinho... vamo, paizinho... — falei sensualmente.
Arrumei a calcinha e pulei pra beirada da cama. Quando olhei a cara dele, senti as tripas do estômago revirando dentro de mim e fui vomitar correndo no banheiro.
A cara do príncipe já não estava branquinha igual à Lua e aqueles olhões profundos e negros tavam agora semifechados, saindo da boca uma baba espessa e branca que esparramava pela pele arroxeada dele.
Desesperada, verifiquei os sinais vitais. Não restava a menor dúvida: ele estava mortinho mortinho.
Louca do edi, peguei a bolsa, me vesti do jeito que deu e, abrindo a carteira dele, dei a elza em outro notão pra juntar com os meus trezentos.
Cheguei na recepção e falei ao recepcionista:
— O senhor que entrou comigo vai ficar dormindo mais um pouco... — e fiz sinais cúmplices, insinuando que ele andou mandando ver no padê.
O recepcionista fez que entendeu com um pequeno aceno de cabeça por trás do vidro esfumado e dei cem pesos pra ele.

A noite estava clara. O frio seco. Minha cabeça toda bagunçada se perdia no céu de estrelas buscando entre elas o meu príncipe encantado.

A barulheira da sirene dos alibãs me fez apertar o passo. Quando abri a porta do hotel, me senti sã e salva, única dona dos meus segredos. Entrei na penumbra do meu quarto e botei um disco de bolero...

— Como mata o amor — dizia a letra.

E eu cantava baixinho, fumando o meu bom oxanã:

— Como mata o amor... COMO MATA O CUNETE!

Este livro foi impresso em março de 2024
para a editora Diadorim
Fontes: Brygada 1918
ITC Avant Garde Gothic
Roc Grotesc